RYU NOVELS

孤高の日章旗

独立独歩の途

遙 士伸

孤高の日章旗

CONTENTS

プロローグ

国家戦略とは、その国に生きるすべての国民の運命を左右するものと言える。それを誤れば、そのつけは国民にまわり、場合によっては命でその代償を償わねばならない事態にもなりうる。

太平洋に浮かぶ島国日本は、四方を海に囲まれるという環境的特性から、外敵に晒《さら》されにくく、外部の影響を受けにくい独立性の高い国家として歩んできた。

しかし、人の活動範囲が飛躍的に広がり、交流が盛んになった近代では、日本もまた外的影響を無視できなくなっていた。

それは特に、国防や軍事面で重要な意味あいを持つ。

外交の世界では、友好国などというものは存在しない。弱みを見せればつけこまれる。隙があれば奪いとられる。常に緊張感のある対応が必要とされる。

周囲には、強大な力を背景とした高圧的な態度をとる国があれば、老練な駆けひきを得意とする国もある。

列強の思惑が渦巻く大洋のなかで、日本は翻弄《ほんろう》され、ただそこに引きずり込まれるだけの些細な存在なのか。

対立する大国があれば、そのどちらかについて生きながらえようとする小さな存在でしかないのか。

いや、違う。

日本の意思は日本が決める。日本には日本の進むべき道がある。

不当な要求には断固として応じない。理不尽な脅しにも屈しない。

たとえ相手がどれだけ強大な国であろうとも、卑屈にならず、毅然とした態度で相対する。

それが日本という国家の生き方なのだ。

日本は他国に侵略しない、他国の侵略を許さない。

独立と尊厳を賭けた日本の孤独な戦いが始まる。

某日　某所

甲板を蹴って、美しい機体が海上に飛びだした。

左右の両輪を素早く翼内に引き込み、機首を跳ねあげて上昇していく様《さま》は、まさに軽やかと称するにふさわしかった。

赤丸の識別マークを描いた機体は、陽光を反射しながら、見えない階段を駆け足で高みに昇っていく。

「なかなか壮観な眺めだな」

空母『翔鶴』艦攻隊に所属する仁保《にほ》健三郎飛行兵曹長はつぶやいた。

上空で空中集合を始めている機は、すでに一〇〇機近いように見えるが、下で発艦準備にかかっている機は、それ以上に思える。

一機一機の大きさはたしかに小さいかもしれないが、これだけの数が集まれば、ちょっとやそっとの力で跳ねかえせるものではない。

巨大な敵であろうとも、覆いかぶさるようにして押しつぶすことができるだろう。

さらに、一機あたりの力も確実に上がっている。

いまや航空機は水上艦艇の一〇倍の速さで空中

を駆け、一〇倍も遠い敵を攻撃できる。

魚雷と爆弾も、水上艦艇に充分脅威となる重量のものを搭載可能である。よろよろと遅く、頼りない「蚊トンボ」と称されたのは、もはや過去の話だ。

当然、母艦もほかの水上艦艇とは大きく異なる。

戦闘艦艇の象徴である大型の砲塔はなく、艦橋も艦の中央や前方にそびえ立つ巨大な檣楼《しょうろう》状のものではなく、端に申し訳程度に据えられた島型の小さなものにすぎない。

しかし、艦体は戦艦に匹敵するほど大きく、それでいてけっして鈍重には見えない、縦横比と艦首形状をはじめとした流麗な形状をしている。

最上部に載った前後に伸びる飛行甲板は、母艦――空母を決定づける構造物であり、新世代の水上艦としての革新的印象をもたらしている。

「これが、我が国の新たな防人《さきもり》だ」

仁保は誇らしげに前を向いた。

世界に先がけて航空という新分野に注力した日本海軍は、艦隊編成や戦術の研究も進めて、新たな海戦の道を切りひらきつつあった。

その先鋒として、仁保らは敵陣に斬り込んでいくのである。

(さっさと片づけて帰還といこうか。戦果をあげて、なおかつ生還してこその任務達成だからな)

並走する僚機を一瞥《いちべつ》する。同期の花輪佐平飛行兵曹長の機だ。

気づいた花輪が横目で見たのはわかったが、すぐに花輪はぷいと顔を背《そむ》ける。

いかにも花輪らしい「俺にかまうな」という態度である。

「相変わらずの人嫌いか。まあいい」

フルスロットルで突進する艦上攻撃機の群れが、

敵艦隊に襲いかかった。

深緑色に塗装された機体が次々と低空に舞いおり、潮風を切って目標めがけて進む。

動きは機械がやっているのかと錯覚するほど統制のとれたものだ。

三機あるいは九機の小隊、中隊単位で、まるでなにかでつながっているかのように、一糸乱れずに高度を下げ、海面近くで機首を上げて水平飛行に移っていく。

上空から見れば、青一色だった海面の一部が緑色に変色し、その変色した一帯が高速で動いていくような印象だろう。

発動機は目標を威嚇するように、共鳴して轟々《ごうごう》と響いている。

「甘いな」

表情は平静を保ちながらも、仁保は内心で微笑した。

戦艦を主とする敵艦隊の陣形は、仁保から見てお粗末すぎた。戦艦の並びは直線的で、艦どうしの距離も間延びしている。

これでは相互支援などできたものではない。

艦隊としての相乗効果は期待できず、各艦がそれぞれ単艦で戦う羽目に陥る。

巡洋艦や駆逐艦の護衛艦艇も、前に片寄りすぎだ。これは対潜水艦戦を意識しすぎているためで、対空戦闘に対する理解不足を露呈したものである。

「あるいは、空襲など取るに足らないと思っているのか。だとすれば、身をもって認識の誤りを知るがいい」

仁保は操縦桿をしっかりと握りなおした。

ここまできて、操縦を誤って海面に激突、戦死などという締まらない結末であってはならない。

弱気にならず、慢心を戒め、沈着冷静に行動することが必要だ。

「小隊長機より入電。目標は正面の戦艦とする」

電信員の須藤定衛一等飛行兵が伝えてきた。

「了解。普段どおり、やればいい。慌てることはない」

仁保は同乗する須藤と偵察員の甲斐鉄郎二等飛行兵曹に向けて答えた。

仁保が操縦する艦上攻撃機「天山」は、全金属製で引き込み脚付きの攻撃機だ。雷撃を主眼として開発された機であるが、水平爆撃もこなせるため、呼称は攻撃機とされている。

高速で航続力も長く、世界初の本格的艦上攻撃機だった九七式艦上攻撃機の後継機として相応しい。

定員は三名で、最後部に座る電信員は後ろむきに着座して、旋回機銃手を兼務する。

「おっ」

ふいに前方の海面が数箇所、同時に沸きかえった。それと連動したかのように、敵の巡洋艦とおぼしき艦上に爆炎が躍る。

(いいぞ)

仁保は内心でほくそ笑んだ。

雷撃に先がけて、急降下爆撃機が攻撃を始めた。敵の対空砲火を潰してくれれば、それだけ容易に射点につくことができる。

当然のことだが、距離も角度も狙いどおりにいくことで、それだけ命中の確率が増すというものだ。

しかし、さすがに敵もなされるがままというわけではない。黒褐色の煙の花が上空で咲きはじめ、やがてそれは仁保ら雷撃機が進む低空にも波及しはじめた。

「しっかりつかまっていろ」

仁保は機体を右に横滑りさせた。

慣性の法則によって、動こうとする力ととどまろうとする力とがせめぎ合い、頬《ほお》が左に引っ張られる。

敵弾を見て回避するなどといった芸当は不可能だが、ただまっすぐに飛ぶという無策は避ける。不規則な機動で敵に的を絞らせない策に、仁保は出たのである。

対空砲火の圧迫感はさほどでもない。

敵弾はほとんどが頭上を通過するだけで、密度も恐れるほどではない。

時折、爆風が頭を叩くが、それで海面に叩きおとされるようなものではない。

しかし、目標の敵戦艦に被弾の炎があがると状況は一変した。手負いの野獣が必死の形相で暴れだしたかのように、高角砲の射撃が激化した。門数や発射速度は変わらないはずだが、明らかに精度が増している。

砲ごとの連携も格段によくなったように感じられる。

距離が近くなったことで機銃掃射が加わった。真っ赤な奔流が、鞭《むち》のようにしなりながら向かってくる。

「三小隊三番機、被弾!」

悲痛な報告に甲斐の声はうわずっていた。仁保は「了解」と返しただけで操縦を続ける。

同僚の死を悼《いた》むのは後だ。ここはまず、確実に自分の任務を遂行することが先決となる。やはりどんな作戦でも完全無欠などない。

戦争である限り、犠牲はつきものだ。戦えば必ず誰かが死ぬ。そんな冷酷な現実を見せつけられたが、感情の動きは胸の片隅にとどめておく。

死んでは元も子もないと思うが、かといって戦果なしで逃げまわるわけにもいかない。そこは軍人の性《さが》だ。

(さすがに、でかいな)

目標とする敵戦艦の艦影が膨《ふく》れあがる。全長二〇〇メートル内外の巨体ともなると、さすがに威圧感たっぷりだ。

浮かべる城とは、よく言ったものだと思う。だが、それを自分たちちっぽけな航空機が沈めるとなれば、それは駆逐艦の雷撃以上に痛快な一事となる。

それも、もはや現実だと、仁保は唇を舐《な》めた。

自分たちが抱えている魚雷は、駆逐艦が放つ特大の魚雷ほどではないものの、威力は戦艦の主砲弾に優る。

駆逐艦や軽巡程度の艦ならば一撃で、戦艦や空母のような大艦でも複数本を集中すれば撃破できる代物《しろもの》である。

それを敵にわからせる！

(小隊長はどこまで行くか)

必中を期すならば、投雷位置は近ければ近いほどいい。だが、近すぎて投雷前に撃墜されたり、目標に衝突したりしては、目も当てられない。

「むっ」

そこで予想外の事態が起こった。

爆撃を避けようと変針した敵巡洋艦が、仁保機と目標との間に割り込むように入ってきた。

「ちっ」

仁保はフットバーを踏み込み、操縦桿を右に倒した。魚雷を抱えて身重《みおも》の状態の天山が、主翼を傾けて針路を変える。

戦闘機のような軽快な動きにはほど遠いが、それでも空力学的性能を追求した天山は、仁保の期待によく応えた。

風防を押す風の音が変わり、それまで前面に広がっていたさざ波の立つ海面が、せりあがるようにして顔面に近づく。

それを立てなおしたとき、仁保は状況の悪化を悟った。

全長一〇・五メートル、全幅一四・九メートルの天山が、敵巡洋艦の鼻先を突っきった。

そこまではよかった。

しかし、この回避行動によって、目標である敵戦艦との相対位置が大きく変わり、仁保は目標の斜め前方に大きく躍りでる格好になってしまった。

狙いは目標の背後に接近し、水上艦のアキレス腱とも言える舵や推進軸といった重要部位が集まる艦尾に魚雷を命中させることだったが、そのためには、もう一度接敵からやり直さなければならない。

(どうする)

初志貫徹で一度目標を飛び越えて大きく転回してくるか、あるいは当初の目的を断念して、このまま斜め前から襲撃するか。

(このままだ)

仁保は決断した。

接敵からやり直すのは危険が大きい。敵中でうろうろしていれば撃墜される確率が高まるし、もう一度接敵しても、また邪魔が入らないとも限らない。

それならば、確実に魚雷を命中させるほうが優先だと、仁保は考えた。

幸い、反航する目標に向かっての雷撃のほうが、魚雷が目標を追いかけなくてすむぶん、命中という点での可能性は高くなる。

仁保はいちかばちかの賭けに出るのではなく、堅実な安全策を選んだのである。

軍人であることも職業のひとつとして考え、任務も戦術も、いい意味でわりきることができる男――それが仁保健三郎という男だった。

「このまま前からいく」

仁保は宣言するように甲斐と須藤に伝え、いったん絞っていたスロットルを再び全開にした。

目標の艦影が急速に膨らむ。

戦艦の象徴である小山を思わせる巨大な主砲塔や丈高い艦橋構造物が、はっきりと見えてくる。

ここまで来ると、もう敵の対空砲火は目に入らない。いかに射点について、魚雷を無事に放つかにだけ集中する。

(まだだ。まだ)

ともすれば早く魚雷を投げすてて離脱したい誘惑にとらわれかねないが、仁保は不安と恐怖を振りはらって、ただ正面を見据えた。

一時的には無の境地に浸っていたのかもしれない。

「用……意」

目標の艦影が視界いっぱいに広がったところで、仁保はスロットルを若干絞って機首を傾けた。

雷撃の極意は、魚雷を投下するのではなく、置きにいくこととされる。

なるべく魚雷に衝撃が加わらないように、ゆっくりと、かつ入水角度が浅くなるよう調整する。

乱雑にやれば、魚雷が誤作動を起こして沈降したり、とんでもない方向に行ってしまったり、最悪はその場で誤爆という可能性すらある。

実戦、しかも戦艦という大物を前にした緊張感あふれるなかでも、これらを想定して雷撃を実行できるだけの技量を仁保は備えていた。

「射《て》っ」

仁保の指示に応じて、甲斐が投下索を引いた。

直径四五センチ、全長五メートル、重量八五〇キログラムの九一式航空魚雷が、するりと入水して駛走《しそう》しはじめる。飛び込み競技とも共通する、飛沫の少ない高得点の雷撃である。

「おっと」

仁保は操縦桿を押し込んだ。重量物を切りはなした反動で浮きあがる機体を押さえつける。

なにも考えずに高度を上げてしまえば、狙いやすい標的となって被撃墜の危険性が増すためだ。

速度を上げて、そのまま目標艦上を通過する。

敵兵の姿が目に入ったような気もしたが、それも一瞬で背中の後ろに流れていく。

銃撃音が響いた。須藤が旋回機銃を乱射した音だ。なにかを狙ったというわけではなく、牽制の射撃だ。

「あいつ」

首をひねってみると、一機だけ遅れた機が雷撃をかけようと接敵していた。

下手をすれば集中砲火を浴びかねないが、雷撃の位置と距離は申し分ない。敵空母の急所である艦尾を射抜くことができる。

仁保と違って大きく迂回し、敵中に孤立する危険を冒してまで一発を狙ったのだ。

もちろん、搭乗員を確認できるはずもなかったが、あんな馬鹿な真似をする奴はうちの隊には一人しかいない。花輪だ。

人を毛嫌いして必要最小限の交流すら拒みつつ、危険な任務や困難な任務を苦にしない強靭《きょうじん》な精神力を持つ。当然、雷撃の腕は隊内屈指。

花輪佐平はそういう男なのだと、仁保は確信していた。

それから間もなくして……。

「命中！　目標前部に命中一」

須藤が歓喜の叫びをあげた。

目標を背にする仁保からは見えないが、後ろむきに着座した須藤からは、目標の左舷に高々とあがった水柱がはっきりと見えたのである。

急所にこそ当てることはできなかったが、仁保は見事に目標への雷撃を成功させた。

ゼロか百かというういちかばちかの策ではなく、

仁保は手堅い方法で自分の責務を充分全《まっと》うしたのである。

堅実な仁保らしい戦果と言えた。

「さらに二本の命中を確認……もう一本！　艦尾に命中！　目標、行き足、止まりました」

興奮にうわずる須藤の声を耳にしながら、仁保は安全圏に出て高度を上げた。機体をひねって眼下を一望する。

そこかしこで黒煙があがっており、海面に広がる炎のなかで、もがき苦しむ敵艦も見えた。

戦艦らしい大型艦も三隻ほどが傾いたり、停止したりしているのがうかがえる。

「これが我らの力だ。おいしいところは持っていかれたがな」

仁保は満足げにつぶやいた。

目標にとどめを刺したのは花輪だろうが、自分も最低限の仕事はなし遂げた。隊全体の戦果も素晴らしい。

航空機は戦艦に優るなどと豪語したり、海戦様式の歴史的な転換点や海戦術の革新などと高らかに主張したりするつもりもない。

だが、確実に世界は変わってきている。

自分たちはその先頭に立ち、新しい力というものを証明していると、仁保は胸を張った。

日本海軍は必要にかられつつも、先見性をもって航空という新分野を開拓していた。

その一方で栄光と伝統、そしてこれまで海軍の土台を支えてきたという自負を持って、存在感を誇示する勢力もまだまだ健在だった。

それは……。

某日　某所

殷々《いんいん》たる砲声が夜気を震わせ、閃光が闇を切り裂いた。

「的針、一《ひと》、二《ふた》、五《ご》。的速二〇ノット」

戦艦『大和』第二主砲塔長村松晶吾特務少尉は、切迫した空気のなかで、緊張するよりもむしろその雰囲気を楽しんでいた。

「ああだこうだ言っても、俺らの存在は無視できないってね」

航空屋が力をつけたことは認める。だからといって、鉄砲屋の出番がなくなったわけではない。鉄砲屋の存在価値はまだまだ高い。

ましてや、戦艦は無用でスクラップにすべしなどというのは戯言《ざれごと》だ！

昨今、急速に進化した航空機を見て、海軍内でも航空主兵主義者の鼻息は荒くなってきている。

そこで、海軍の主役は航空機か戦艦か、航空機と戦艦のどちらが強いかなどという話も、真剣みをもって議論の土俵にのっている。

こうした状況下で、村松もまた誇りと自信を持って任務に臨んでいた。

航空を必要以上に敵視するつもりはない。だが誤った砲術の否定は、頑として認めない。

それが、村松の姿勢だった。

現にこのように夜戦となれば、すぐに自分たちが必要となる。

著しい革新の最中にある航空機といえども、夜間の活動範囲や作戦行動は極端に狭まるというのが実状だ。

そこに有力な敵艦隊が襲来したとなれば、必然的に自分たち水上部隊が借りだされることになる。

「弾種、徹甲弾。装薬、常装。準備はいいか」

「はっ」

「はい。いつでもいけます」

若い砲員たちの快活な声が返ってくる。

左砲の一番砲手を担当する富田靖一等兵曹が代

表して言った。

「自分たちもこれまで怠りなく訓練に励んできたつもりです。ぬかりはありません。必死に準備する砲塔長の背中を見てやってきましたので。ただ、砲塔長の向上心の高さにはとうてい敵《かな》いません」

「必死に準備する？　向上心？　違うな」

村松は微笑した。

「俺は死にたくない。ただ、その一心で勉強したり、訓練したりしているだけさ。この戦争のなかに身を置く軍人として、必要にかられてな。ただ、そうだな。これだけは言える」

村松はあらためて部下の顔を見まわした。

「俺はお前たちの命を預かっている。守ってやろうとは言わぬが、けっして無駄死にはさせたくない。その努力は怠らないつもりだ」

「はっ」

一同の顔つきが一段と引き締まった。


伝声管を通じて、艦橋最上部の射撃指揮所につめる砲術長からの指示が入る。

村松は振りかえった。

「個別照準。距離一八《ひとはち》で射撃開始。現在距離二一《ふたひと》」

ここで村松の仕事が増えた。砲塔備えつけの測距儀を使っての測的と射手を兼務する羽目になったのである。

通常、戦艦の砲撃というものは、射撃指揮所に併設された主方位盤に基づく照準にしたがって、全砲塔を一元管理して行う方位盤射撃を基本としている。

それが長い砲術の歴史のなかで、命中精度の向上を追求して行きついた、現状での最高手段だからである。

これに対して個別照準というのは、砲塔ごとに各個照準を行って射撃する、文字どおりの射法と言える。観測の位置が低いゆえに測的精度が落ちるのと、同一目標への射撃の場合には砲塔ごとのばらつきが大きくなるという短所がある。

主方位盤になんらかの問題が生じたか、あるいは砲塔ごとに別々の目標を割りふったのかはわからない。

ただ、それらに意見したり、判断に口を挟んだりする権限が村松にあるはずがない。ここは与えられた任務に没頭するだけだ。

(さあ、遠慮はいらん。目にもの見せてやれ)

村松は心のなかで、若い砲員たちを鼓舞した。

(むっ)

しばらくして、目標艦上にまばゆい閃光が弾けるのが見えた。

橙色の光が、瞬間的に十字に広がって消える。

敵は自分たちに先がけて砲門を開いたのである。

(焦《あせ》る必要はない。焦る必要は)

村松は自分に言いきかせた。

敵がどうこうと考えるよりも、今は自分の職務に集中すべきだ。

村松は接眼レンズに両目を押しあてて、目標を追尾した。

個別照準であるため、自分のわずかな狂いが砲撃精度の悪化に直結する。責任は重大である。

第二主砲塔の三門は沈黙を保ったままだ。

今は我慢のときだが、月明かりを受けて鈍色《にびいろ》の光沢を放つ太く長い主砲身は、今にも敵に向かって振りおろさんとする大剣の凄みを感じさせた。

それもそのはず、『大和』は世界に例を見ない口径四六センチの巨砲を積んだ、世界最大最強の戦艦である。

その砲口にひとたび炎が宿れば、逃れられる敵艦などあるはずがないと、村松は信じていた。

敵が第二射を放つ。

やはり初発は、有効弾にはほど遠かったようだ。弾着観測をしての発砲だったはずだが、艦は微動だにせず、異音らしい異音もない。

第二主砲塔からは見えないが、恐らく敵弾は五〇〇メートルほど離れて着弾しているはずである。その次も、またその次もいっしょだ。

「距離、一八《ひとはち》。撃《て》え!」

村松は自ら宣言して、発砲の引き金を引いた。

門数が少ないため、交互撃ち方としている余裕はない。初発から三連装全門を咆哮《ほうこう》させる。

外では強烈な砲声が轟《とどろ》いたはずだが、砲塔内は意外なほど静かだ。

敵弾を弾きかえす最大六五〇ミリ厚の装甲が、同時に遮音壁の役割を果たしていると思われる。

紅蓮《ぐれん》の炎がもたらす昼間のような明るさや、爆風に叩かれて真っ白にさざ波が立つ海面とも無縁である。

「次発装塡!」

砲塔内も「戦場」だ。休む間もなく、次の動きに続く。

装薬の燃えかすを砲身内から噴気によって押しだすが、一五〇気圧を示す噴気圧力計と噴気状況の確認は一番砲手である富田の役割だ。

「弾薬揚げ。弾丸込め!」

村松が叫ぶ。

砲尾架台上で富田が手信号を送り、二番砲手が尾栓を開け、三番砲手が半自動装塡装置に載った全長二メートル、重量一・五トンの巨弾を砲尾に導く。

もちろん、かなりの重量物の操作になるので、人力による力作業ではない。いずれもレバー操作である。

富田はランマー桿《かん》を弾底にあてて、砲身内に砲弾を一挙に押し込んだ。金属的な装塡音を聞きながら、素早くランマーを引き込み、自動的に降りてきた装薬を再びランマーで薬室に押し込む。

射距離が近いため、装填を待つ間に弾着のときがやってくる。

「遠、遠……全遠」

村松らが放った三発の四六センチ弾は、すべて目標を飛び越えて終わった。

どうやら、見越しが行きすぎたようだ。だが、方位は悪くない。三本の水柱は、ほぼ目標の背景となるような位置に立ちのぼっている。

装填作業は続いている。防火蓋が閉まり、尾栓閉塞。仰角を戻しながら二番砲手が発砲電路をつなぐ。

仰角を戻す作業というのは、砲弾が長いために装填の際は発砲の俯仰角度によらず、仰角三度の位置に砲身が固定されるためである。

「左よし！」

富田は村松に報告した。

「下げ二。錨頭《びょうとう》そのまま」

標準的な戦車一〇両分にもあたる重量一六五トンの砲身三本が、わずかに仰角を下げる。

「照準よし！」

「撃え！」

再び『大和』の第二主砲塔が、発砲の雄叫《おたけ》びをあげた。

橙色の閃光が闇を引き裂き、赤黒い爆炎が夜気を焦《こ》がす。それが収まると同時に、吐きだされた煙の塊は逆に闇と同化していく。

『大和』は敵弾弾着に沸きかえる海面をものともせずに突きすすんだ。

大きく左右にフレアのついた艦首が荒れる波濤《はとう》を切りわけ、緩やかなS字を描いた最上甲板がのしかかる水塊を振りはらう。

直径五メートルのスクリュー・プロペラは力強

く海水を蹴りだし、全長二六三メートル、全幅三八・九メートルの重量感あふれる巨体を押しだす。

「撃え！」

あたり一面に広がる発砲炎が、崩落する水柱を水蒸気に変えた。

その向こうで命中を示す炎の花が、次々と咲き乱れていく。

「命中！」

炎の花は火球へと昇華して、そのまま衰えることなく何倍にも膨れあがる。

それが極大に達したと思うや否や、無数の火花が爆《は》ぜる。

閃光が四方八方に拡散し、揺らめく炎が倒壊する艦橋構造物とV字にへし折れる艦体とを、闇の底からあぶり出す。

「我々の力は、まだまだこんなものではない」

村松の目はけっして満足などせず、すでに次に向いていた。

敵艦誘爆、爆沈の炎を反射して『大和』の艦体は赤々と輝いていた。

その光を浴びながら、村松らの第二主砲塔は次の標的へ向けて、ゆっくりと旋回していた。

第1章　孤高への道

一九二二年二月一六日　長崎

静まりかえった港内で、全長二〇〇メートルを超える艦体は予期せぬ眠りを強いられていた。

溶接の火花や絶え間なく聞こえていたリベットを打つ音は、完全に失われている。

艦の内外をさかんに行き来していた工員の姿もいっさいいない。

「本当にこの艦を捨ててしまうのか、馬鹿な」

海軍省軍務局第三課長嶋田繁太郎中佐は、長大な艦体を仰ぎ見ながら吐きすてた。

軍務局は編成、軍紀、教育、艦政などを担当する軍政組織のひとつであるが、このなかで第三課は艦政を担当としている。そこを預かる嶋田としては、承服しがたい決定だった。

嶋田の視線の先には、建造途中で放棄された戦艦『土佐』があった。

艦体はあらかたできあがり、すでに進水をすませて艦名まで受領した状態だ。

その『土佐』の運命を変えたのは、アメリカの首都ワシントンで行われた軍縮会議である。

日露戦争とその後の世界大戦で、世界各国は国の命運を握るのは制海権の確保であり、制海権の確保には強力な戦艦が必要であることを知った。

そこで、各国は躍起になって戦艦の建造に走りはじめた。

特に日本は八八艦隊計画という壮大な方針を掲げて戦艦の新規建造に邁進し、アメリカもまた海軍大臣ジョセフ・ダニエルが提唱したダニエルズ・プランで日本の八八艦隊に対抗を試みた。

巨額の費用を貪欲なまでに飲み込む建艦競争は、一方で国家財政の圧迫という深刻な懸念も生みだす。

特に危機感を抱いたのが、世界大戦で疲弊していたイギリスである。

世界各地に植民地を広げ、世界帝国の名をほしいままにしてきたイギリスの原動力となっていたのは、間違いなく七つの海を制覇した世界一の海軍力だった。

しかし、イギリスにはもう余力はない。

黙っていれば世界一の座を滑りおちるどころか、日米との立場は逆転し、一等国の座すら追われてしまう。

そこで、イギリスは各国の健全な財政と世界経済の安定のため、過度な建艦競争に歯止めをかけるべきだという名目をつけて、各国、特に日米に軍縮会議を呼びかけた。

内情が厳しい日本も、この話にのった。

だが、交渉は想像以上に厳しかった。

なぜなら、主催国として参加したアメリカは、日露戦争後に仮想敵国として急浮上してきた日本を押さえつける好機と考え、この軍縮会議に臨んできたからである。

会議冒頭でアメリカ合衆国国防長官チャールズ・エヴァンズ・ヒューズは米英日の主力艦保有トン数を一〇対一〇対六とするという、驚愕の案を示した。

現状維持という理由からである。

最低対米七割を目指していた日本は当然、反発した。

現状維持といえば聞こえはいいが、それは旧来有利だった者が、その立場を守ろうという自己中心的な考えにすぎない。発展途上だった者は伸長する機会を奪われ、そのまま下位でくすぶっていろ、ということなのである。

日本の交渉団は対案、代案を示して説得を試みたが、アメリカの強硬姿勢は変わらなかった。

交渉決裂も視野に入ったが、財政再建のために軍縮条約は必ず成立させるという、全権加藤友三郎海軍大臣の決意もまた固かった。

このまま無制限の建艦競争を続けては、日本という国そのものが破綻する。

それを避けるために、この軍縮会議で確固たる枠組みを作らねばならない。

加藤はぎりぎりの交渉を重ねて、一時は廃棄処分とされていた完成間近の戦艦『陸奥』を「復活」させるなど、米英から一定の譲歩を引きだしたものの、結局、主力艦保有トン数対米英六割という壁の打破はならなかった。

この軍縮条約締結の報《しら》せに、日本国中から不平等条約だと怒りと不満の声が湧きあがった。

明治時代の三国干渉にも優る屈辱であると、新聞紙上に見出しが躍れば、加藤らを「国賊」と罵《ののし》って海軍省前に押しかける民衆も少なくなかった。

たしかにそのとおりだと、嶋田も思う。

せっかく近代国家として大国の仲間入りを果たしつつあり、その屋台骨となるべき強力な艦隊も実現しようという矢先に自らブレーキをかけるとは、言語道断だとの声があがるのも当然である。

これでは自分から米英の後塵を拝すると、宣言するようなものではないか。

ここは国民に多少の痛みを強いようとも、初志貫徹で八八艦隊実現に邁進すべきだったのではないか。

八八艦隊なくして、アメリカに対抗できるはずがない。

しかし、その嶋田の心の片隅には、海兵同期で現在は海軍大学で後進の指導にあたっている山本五十六の言葉がひっかかっていた。

山本は交渉団の随員としてワシントンに赴き、軍縮条約締結を推進してきた男である。

「対米七割だ、六割だと騒ぐこと自体が馬鹿げた話だ。米国の国家予算や工業力は我が国のそれをはるかに凌駕している。

条約抜きの無制限自由競争となれば、我が国など足下にも及ばん。対米六割どころか、それ以上の差がつくことは明らかだ」

(たしかに、そうかもしれん。だがな、本当にそれでいいのか?)

嶋田は再び『土佐』の艦体に目を向けた。

ひっそりとたたずむ艦体の上に、主砲塔をはじめとする艦上構造物はまだほとんど載せられていない。それは永遠に載せられることなく、艤装《ぎそう》途上で『土佐』は放棄され、そのまま廃棄の道をたどらされるからである。

(戦争はやってみなければわからん。勝つために、勝とうとして最善の措置を講ずる。それが我々軍人の義務であり、使命ではないのか)

憤《いきどお》りを感じる嶋田の脳裏に、なおも山本の顔がちらつく。

問題はそれだけではなかった。

「この時点で同盟破棄とはな。英国も米国の意向には、もはや逆らえんということか」

ワシントン海軍軍縮会議は、世界での力関係の変化を表す場ともなっていた。

軍縮条約に同意する条件として、日英同盟の破棄を求められたイギリスは、あっさりとそれに応じた。主力艦保有トン数も、それまでの絶対的優位から大きく後退し、アメリカと同等での世界一を確保するのがやっとだった。

世界の頂点に君臨するのは、もはやイギリスではなく、アメリカに取って代わられたということが、世界に広く知らしめられたのである。

（没落する英国という泥船にしがみつくのではなく、我が国は我が国として毅然とした態度で進めばいい）

嶋田は頭を振って、思考を切り替えた。

（だからこそ、自前の充分な戦力が、強力な艦隊が必要なのだ）

しかし、今の嶋田には締結したワシントン条約を覆《くつがえ》す力などない。

理想と現実のはざまで、繰りかえし思考をめぐらす嶋田だったが、その答えは容易には見つかりそうになかった。

一九二二年三月一六日　大湊沖

齢《よわい》一〇歳になる村松晶吾少年が大きな軍艦に出会ったのは、まったくの偶然だった。

たまたま父の所用に同行し、漁船で移動していたところに灰色の軍艦が現れたのである。

「凄い！」

晶吾が発した言葉は、純真な心の声だった。皮肉も飾りもなにもない、けがれのない胸中から率直に出た言葉だった。

初めて見る軍艦は、なにもかもが大きかった。艦の大きさそのものも当然だが、そこに載った砲の大きさには度肝を抜かれた。

あんなものがひとたび火を噴けば、相手の船どころか、小さな島まで吹き飛んでしまうのではないか。

そんな迫力さえ感じた。

軍艦は晶吾が乗る漁船を追いこすように迫ってくる。近くなるにつれて、その凄みがさらに増した。広大な洋上を圧するような威容である。

当然、晶吾は知らなかったが、現れた艦は戦艦『金剛』だった。

『長門』や『陸奥』といった新鋭戦艦と比べれば旧式なのは否めなかったが、見あげんばかりの艦橋構造物や、どっしりと座った主砲塔は、一般人を圧倒するに充分なものだった。『金剛』は晶吾の心をがっちりとわしづかみにした。

「早く逃げろ。転覆するぞ。早く!」

けっして衝突する針路ではなかったが、基準排水量何万トンという戦艦と、一〇〇トンにも満たない漁船では、天と地ほどの開きがある。

艦首や舷側から生じてくる波がかすった程度でも、笹船さながらに揺さぶられ、下手をすれば煽《あお》られてそのまま沈みかねない。

父親と仲間は大声を出して船を離そうとしていたが、晶吾には命の危険に晒されているという切迫感などまるでなかった。

晶吾は双眸《そうぼう》をますます輝かせ、揺れる船上から身をのりだすようにして『金剛』の艦影を見あげていた。

完全に魅せられた晶吾の気持ちは憧《あこが》れをとおりこし、この日が人生最大の分岐点となっていったのである。

一九二九年七月三一日　横須賀

塗料のにおいさえする真新しい艦体が、陽光を浴びて銀色に輝いていた。

緩やかなS字を描く艦首は凌波《りょうは》性を考慮したものであり、縦横比の大きい細長い艦体は、水の抵抗を極小化しようというものである。

一見して巡洋艦とわかる、高速性を思わせる艦容だったが、むしろこの艦の特徴は別にあった。

「しかし、我が軍も凄まじい艦を造ったものだ」

海軍少佐草鹿任一は、あらためて感嘆の息を吐いた。

『妙高』は従来の巡洋艦のイメージを一新する重武装艦だった。

ワシントン海軍軍縮条約によって、主力艦の保有トン数を対米六割に押さえ込まれた日本海軍は、なんとかしてその差を詰める必要性に迫られた。

そこで浮上したのが、戦艦に次ぐ大艦である巡洋艦の重武装化である。

従来、巡洋艦といえば、広大な洋上の索敵や拠点の警備が主任務としてあげられたが、それを戦艦の補助役に格上げする。

それどころか、戦艦に代わって制海権の維持、獲得を担う中心戦力として位置づける。

つまり、巡洋艦でありながらも、戦艦なみの打撃力を持つ重武装を目指した艦——それが妙高型重巡洋艦だったのである。

しかしながらワシントン条約によって、巡洋艦の排水量は一万トンが上限と定められている。

当然、これに比例して艦体の長さや幅も決まってくる。もちろん、巡洋艦として必要不可欠な高速性能を犠牲にすることも許されない。

よって、『妙高』は限られた条件のなかで、どれだけの武装を積み込めるか。その極限を追求した艦として完成したのである。

その結果は、驚くべきものだった。

主砲はこれも上限の二〇・三センチ砲を連装砲塔に収め、前部にピラミッド型に三基、後部に背負い式に二基、計一〇門を搭載する。

これは、世界を強武装で驚かせた前級古鷹型重巡の実に七割増しにもあたる門数である。

直径六一センチの魚雷発射管一二門の雷装も強力で、将来的にはこれもさらに強化の余地を残している。それでいて、速力は最大三五・六ノットと快速だ。

これならば、戦艦なみの働きも不可能ではない。

そう期待させる『妙高』の武装だった。

これらの武装と円柱状をした大型の艦橋構造物、後傾斜した大小二本の煙突らが、弓なりに反《そ》った上甲板に載った艦容は、精悍と言うほかはない。

草鹿は砲術学校の教官として、『妙高』を視察する機会に恵まれた。

前職で砲術長を務めた戦艦『長門』の重量感にこそおよばないが、『妙高』には俊敏な鋭さが感じられた。

『長門』を大剣にたとえれば、『妙高』は細身のレイピアといったところか。

（アメリカやイギリスも、この艦を見て黙ってはいまい。必死になって同じような艦を造って追いかけてくるに違いない。しかしな、我が軍は常に先を行く！）

妙高型重巡は、一番艦『妙高』のほかに、『那智』『羽黒』『足柄』の計四隻が今年中に揃う予定である。

さらに、妙高型を上まわる第三世代と呼ぶべき重巡もすでに起工されて進水間近と聞く。

それらの艦が戦列に加わったあかつきには、我が軍の戦力は格段に厚みを増す。

たとえ敵対する国があったとしても、それだけの戦力があれば、容易に手出しはできないだろうと、草鹿は考えた。

しかし、世界という大洋をめぐる潮流は、草鹿の予想をはるかに超えて、複雑怪奇にうねろうとしていた。

そして、その弾けた先にある三つ巴《どもえ》、四つ巴の戦火のなかに自分も巻き込まれ、その矢面《やおもて》に立たされることになるとは、このとき草鹿は想像だにしていなかった。

同日　瀬戸内海

重巡『妙高』とはまた違った特異な形状をした艦が、高速で海面を切り裂いていた。

鋭く前方に突きだした艦首が潮風を突きやぶり、艦尾の海面は激しく盛りあがって長い航跡となって後ろに曳《ひ》かれている。

水上戦闘艦に必須の砲塔は艦上に見あたらず、当然それを管理するための檣楼状の艦橋構造物もなかった。

代わりにあるのは板状の平甲板で、しかもそれが三段にわたって艦上に載せられていた。

形状や構造が異なるために求められる役割や機能は違うが、艦体そのものは戦艦に匹敵するほど大きく、堂々たる巨軀《きょく》だった。

それもそのはず、この艦は巡洋戦艦として起工されながら、ワシントン海軍軍縮条約の煽りを受けて改造されて誕生した艦だったのだから。

日本海軍初の大型空母『赤城』である。

『赤城』は、同じく戦艦から改造された僚艦『加賀』とともに、洋上発着艦訓練の真っ最中だった。

発艦専用で使われる中段と下段の飛行甲板から、固定脚を持つ複葉の艦載機が洋上に飛びだし、発着艦兼用とされる上段の飛行甲板に、飛行訓練を終えた艦載機が滑り込む。

艦首からかすかに噴かれた蒸気は、勢いよく艦尾にまっすぐ流れていた。艦首を風上に向けて、艦が全力航行している証《あかし》だ。

発艦のための揚力をつくるのに有利であり、着艦時の横転やオーバーランの事故防止の目的も含めて、母艦が向かい風の合成風を作りだしているのである。

仮想敵国の先をいくという意味で、日本海軍は巡洋艦の重武装化のほかに航空、特に艦載航空分野に注力していた。

世界初の空母『鳳翔』に初めて艦載機が脚を下ろして以来六年、まだ技術的改善の余地が多いとはいえ、艦載機の国産化は続々と進んでいる。

母艦も実験的な小型空母『鳳翔』に加えて、『赤城』『加賀』と本格的な艦載航空戦隊の編成を実現することができた。

肝心の艦載機が非力で発展途上にあることは否めないが、日進月歩で進化しているのもまたたしかである。

水上機母艦や戦艦の艦上から恐る恐る発進し、一度海面に着水してから回収するといった、わずらわしい水上機しかなかった時代は、とうの昔に過ぎ去っている。

今すぐには無理かもしれないが、この艦載航空戦力は必ずものになる。近い将来、艦載機は戦艦すら脅かす存在になりうる。

そうせねばならない！

こうした強い信念を持って、発着艦訓練を見守る男がいた。

男の表情は固い意思で彩られ、左手と太腿には日露戦争で負った傷があった。

後に連合艦隊司令長官として日本海軍の実働部隊を率い、悪化する国際関係の荒波を果敢にのりこえていくことになる、空母『赤城』艦長山本五十六大佐だった。

一九三一年一〇月一八日　横須賀

大尉の階級章をつけた男二人——瀬田信晴と葉

山本五十六の胸中は曇っていた。

「ここだけの話だけどな。もっと、やりがいのある仕事をしたいと思わんか」

「やりがいのある仕事って?」

「決まってるだろう。新型戦艦の設計とかな」

二人は艦政本部第四部に所属していた。艦艇の基本設計を主任務とする部署である。

「仕方なかろう。こうした状況だからな」

「仕方ないですむのか? これでは商売あがったりだ。こんなことなら、四部になんか来るんじゃなかった」

不満を垂れながす瀬田に、葉山はため息をついた。

瀬田の気持ちがわからないわけではない。ただ、それを感情的に表す瀬田に対して、内面にとどめてこらえる葉山は好対照だった。

二人を悩ませていたのは、ワシントン海軍軍縮条約に続く、二度めの軍縮条約締結だった。

ワシントン条約で主力艦、特に戦艦の建造に制限がかかった各国海軍の目は、必然的にそれに次ぐ巡洋艦へと向けられた。

日本海軍は重巡——自分たちの言う甲巡の先がけとなる古鷹型に続いて、強力な砲雷兵装を備えた妙高型重巡四隻を竣工させ、さらに高雄型と名づけた次の重巡も準備している。

この動きをアメリカ海軍が黙って見過ごすはずもなく、八インチ(二〇・三センチ)砲一〇門を持つペンサコラ級、同じく九門のノーザンプトン級と、対抗する重巡の建造を矢継ぎ早に打ちだした。

当然、イギリス海軍も一人取り残されるわけにはいかないと、重巡の設計を慌てて進めて着工した。

個艦性能よりも隻数を、攻防性能よりも航洋性と居住性を重視してきたイギリス海軍の伝統から抜けだすことはできず、円柱状の三本煙突を持つ乾舷の高い平甲板型の艦となったが、それでも砲兵装は八インチ砲八門と、従来の艦からは増強された。

ケント級と呼ばれる重巡である。

つまり、ワシントン条約が引き金となった重巡の重武装化と新規建造は、さらに過熱する建艦競争を引きおこしたのである。

そこで、イギリス外相ヘンダーソンは再度軍縮会議を呼びかけた。これが、前年に締結されたロンドン海軍軍縮条約となったわけである。

ロンドン条約は、たしかに日本を含めた各国の財政を健全化させ、社会の安定に寄与するものであったが、その内容がまた問題だった。

主力艦の新規建造禁止期間の延長……これはまだいい。しかし、重巡の保有枠がまたもや米英日で一〇対一〇対六とされたことは、日本国内に大きな反発と不満を生んだ。

条約批准を不服とする軍令部長加藤寛治大将と軍令部次長末次信正中将は統帥権干犯《かんぱん》だと弾劾し、海軍は揺れに揺れた。

大日本帝国憲法第一一条には「天皇は陸海軍を統帥す」「天皇は陸海軍の編制および常備兵額を定む」と、軍の作戦、用兵に関する天皇の権限が規定されている。

統帥部たる軍令部の同意を得ないで、日本政府が独断でロンドン条約を締結した行為は、天皇の統帥権を犯したと加藤らは主張した。

また、ワシントン、ロンドンの両軍縮条約は海軍の建艦制限を主とするものであったが、拠点の防備制限など、陸軍も無縁ではなかった。

大陸からの段階的撤収を迫られて焦った日本陸軍は、中国国内の軍閥とソ連らとの衝突をきっかけに中国東北部全域を制圧して満州国を立ちあげ、アジアから世界に、また別の波紋を起こした。

日本も世界も混乱の時期だった。

立ちかえって艦政本部である。

「戦艦も駄目、甲巡も駄目となってはなあ」

「だから乙巡を造ろうっていうことだろう」

「乙巡かあ」

二人は知らなかった。

こうすれば、ああする。ああすれば、こうする。制限やルールがあれば、その抜け道を探るのが、たくみに勝ちぬいていく者のやり方である。

最上型と称されることになる、日本海軍で言う乙巡――軽巡洋艦は、後に主砲を甲巡の二〇・三センチ砲に換装する前提で設計されていた。

建艦設計を担当する艦政本部第四部に所属しながらも、まだ若手担当クラスにすぎない二人が、その最高機密に触れることはなかったのである。

満州事変を契機に、日本は国際的に孤立の道を進みつつあった。

二度の軍縮会議は、異常で危険なまでに膨れあがった軍事予算を是正したものの、その一方で皮肉にも国防不安を煽ることにもなった。

対外関係は先鋭化の一途をたどり、海軍も次々と難題を突きつけられることになる。

その火中に、瀬田と葉山の二人も否応なしに取り込まれていくのだった。

一九三三年八月一日　東京・霞が関

冷夏だった。

暦の上では盛夏のはずなのに、梅雨のような天候が続いたままだった。

空は灰色の雲に覆われ、弱い雨が連日降ったりやんだりを繰りかえしていた。

蝉の鳴き声は乏しく、ひまわりも大輪の花を咲かせるのではなく、倒れた茎がそのまま腐る。そんな陰鬱とした毎日だった。

軍縮条約によるネイバル・ホリデー（海軍休日）は続いていたが、その内情は平和で晴れ晴れとしたものではなく、常に駆けひきと相手の出方をうかがう暗闘の連続だった。

戦艦の新規建造は禁じられ、重巡も保有枠を使い果たした日本海軍では、大艦の建造が完全に止まっている。しかし、今できないからといって、なにもやらないというわけにはいかない。

常に次を見据えて動き、さまざまなケースを想定して怠りなく準備を進める者にだけ、勝者への扉は開かれるというものだ。

軍令部第一部長嶋田繁太郎少将は、一連の資料に目をとおして低くうなった。

そこには射撃に関する実験結果と予測データが詳しく綴られていた。どれも惹きこまれるような、魅力的な数値だった。

弾道と予想される最高到達点、そこに至るまでの各距離での落角と存速、装甲貫徹力が表とグラフで示されている。

「圧倒的じゃないか」

嶋田は資料を提出してきた第一課所属の松田千秋少佐を見つめた。

嶋田から見て直属の部下であり、年齢はちょうどひとまわり下にあたる。

顔そのものは理知的で学者風だが、向上心旺盛で血気盛んな様子は、若いころの自分を見るようだった。

そして、今の自分はそうした部下の長所を伸ばしてやったり、優れた提案を実現してやったりする立場にある。

おもしろいじゃないか。やりがいがある。

「戦艦の対米比率からすれば、単純計算で一隻あたり二隻の敵艦を撃沈しなければなりません。そのためには強力な戦艦が不可欠であり、それもこれまでの延長線上にある艦ではなく、かなり思いきった艦でなければならないと考えます」

「それが、この四六センチ砲搭載戦艦というわけだな。ふん」

松田の言葉に嶋田は微笑した。

松田が提案してきたのは、およそ一五年ぶりとなる新規戦艦の建造素案だった。

ワシントン海軍軍縮条約によって、日本の戦艦建造は休止期に入っていたが、その間にもさまざまな分野で技術開発は進んできた。

次期戦艦はその粋《すい》を結集した力作とするのは当然である。

特に日本海軍は対米、対英を考えた場合、数的劣勢を補うために質的優位は絶対条件だった。

それを考慮した松田の案だった。

「できるのか？」

「はっ。我が国の造船技術をもってすれば、充分可能です。これは机上の空論ではなく、横須賀や呉の工廠《こうしょう》関係者も入れて検討したものですので」

嶋田は各種データを記載した資料に添えられたラフなスケッチに目を向けた。

これも、吸い込まれるような魅力を備えたものだった。

日本海軍では初の三連装主砲塔を搭載し、艦の中央にすっきりとまとまった筒状の艦橋構造物が据えられている。その周囲に裾野を広げるように各種の構造物が配され、副砲や高角砲もすべて砲塔化されている。

艦首はきわめて長く、これは凌波性と速力の向上を狙ったものと思われる。

全体的に近代的で、非常に洗練された艦容だった。それが、今にも紙面から立体的に飛びだしてくるような印象だった。

「基準排水量は七万トン、全長は三〇〇メートルを予定しております」

「大きいな。だが、大きければいいというものではない」

嶋田は注文をつけた。

「大きいということは、敵にとっては的が大きいことになる。さらに喫水が深まれば、船渠《せんきょ》や入港できる港も限られてしまう。

当然、長門型に比べて大きくなるのはわかるが、せめてここから一割は減だ。ならば、認めよう」

「やります！　やらせてください」

松田の双眸からは意欲がほとばしっていた。

日本海軍にとって久々の新型戦艦であり、不平等条約による劣勢を払拭《ふっしょく》する救世主――それは必ずや実現させたい。

松田はあらためて姿勢を正して嶋田の目を見つめた。嶋田の視線と交錯し、数秒間のときが流れる。男と男の誓いを確認する。そんな間《ま》だった。

「よかろう」

嶋田は立ちあがった。

ここまでは、自分は座りながら部下を前に立たせて意見を聴取する上司としての姿勢だったが、ここで嶋田も、新型戦艦の誕生を願う一人の海軍軍人として胸を躍らせたのだ。

「決済だ。これを正式な要求として、艦政本部にまわす」

「ありがとうございます」

松田は踵を揃えて敬礼した。

嶋田の脳裏に、ワシントン条約で廃艦となった未成戦艦『土佐』の艦容が甦《よみがえ》った。

（日の目を見ることなく消えていった八八艦隊の無念も、ここで晴らす！）

嶋田は興奮ぎみに告げた。

「今の状況ではワシントン条約の延長はありえん。となれば、効力は三年後の年末までだ。そのときに万全の状態で建造にとりかかれるよう、準備を始めるとするか。楽しみだな」

嶋田はここから条約明けを見越して、積極的に周囲への働きかけを強めていった。

対米劣勢比率に不満を持っていた勢力は、すぐに同調して海軍内に大きなうねりをつくっていった。

二度にわたる軍縮条約による海軍休日は、偽りの平和だったのか。

安心をもたらすはずの協調と融和は、逆に不満と不安を招く皮肉な状況を生んだ。

取るべき正しい道とはなにか。

戦争回避のためならば、弱者は不当な要求もただただ受けいれて、耐え忍ぶしかないのか。

自衛のための備えは、すべてが相手を刺激し、戦争を誘引するものなのか。

各国の疑心暗鬼が渦巻くなかで、男たちはその答えを探しながら生きていた。

己《おのれ》の信念と夢を両手に携えながら。

一九三六年一一月二〇日　東京・霞が関

日本外交は重大な局面を迎えていた。国際的な包囲網は日増しに狭まり、動けば動くほど立場がますます危うくなる。そんな状況だった。

最大の懸案事項となっているのは、満州問題である。

日本が生命線と位置づけている大陸進出は、満州国建国で結実したかに見えたが、それは新たな国際摩擦を引きおこす火種でしかなかった。

世界大戦の教訓から、世界平和の維持と国際協力を目的として設立された国際連盟は、日本の傀儡《かいらい》にすぎないと満州国を独立国としては認めず、それを不服とした日本は国際連盟を脱退した。

ワシントン、ロンドンの両海軍軍縮条約で反米、反英感情が高まっていた日本の世論はこれを圧倒的に支持し、海軍もこれに後押しされる形で、一昨年末に条約破棄を関係各国に通知した。

これは発展と繁栄を目指す日本の、なみなみならぬ決意を示す一方で、相手国との敵対関係を煽る危険もはらんでいた。

敵対国は多い。が、逆に味方になってくれる国はないのか?

そこで台頭してきたのが親独派だった。

世界大戦に敗れたドイツは、アジアと太平洋方面の権益をすべて失っていたために、日本と係争する案件はなにもなかった。

そのうえ、イギリスとソ連を潜在的に敵視するという共通点を持っていた。

そのドイツは敗戦のどん底から立ちなおり、かつての栄光を取りもどすべく、急激に力を蓄えつつあった。

「ドイツと協力すべきだ」

「ドイツとの関係を深めれば、展望は開ける」

ドイツ信奉者は特に陸軍で広がりを見せていたが、閉塞感が高まるにつれて、海軍内でもじわじわとその勢力を増しつつあった。

「ドイツと組め、ドイツと同盟せよ、ですか。昨今、我が海軍でも妄想的に聞かれますなあ」

「愚かなことだ。外交のなんたるかもわからん者は、軍務に徹していればいいものを」

海軍次官室では、この状況を憂う男二人が本音をぶつけあっていた。海軍次官山本五十六中将と軍務局長井上成美少将である。

「ドイツ、ドイツと叫ぶ者ほど中身がない。アメリカにけちをつけられ、イギリスに逃げられ、ドイツへの接近など、消去法にすぎん！」

山本は一刀両断に切り捨てた。

「ドイツと組んでなにになる。我が海軍によいことがあるなら、言ってほしいものだな」

山本の言うとおり、ドイツの海軍力に見るべきものはなかった。

ドイツが世界有数の海軍力を誇ったのは、二〇年前の世界大戦までであり、イギリスと肩を並べた大艦隊も世界大戦の敗北で完全に消滅した。

イギリスやフランスに押さえつけられて発言力も乏しく、ワシントン条約でも主力艦保有トン数を議論する対象国にすらされていない。

もちろん、こうした点もドイツは公式、非公式を問わず躍起になって再建を急いでいるが、問題はほかにもあった。

「ドイツと組めば必ず戦争になる。イギリスやソ連との対立は決定的なものとなり、イギリスと関係を深めつつあるアメリカとの距離も、修復不可能なまで開いてしまうだろう。

なにせ、かの政権はベルサイユ体制の打破を掲げて、再軍備と対外強硬姿勢を隠そうともしていないからな」

ベルサイユ体制の打破とは、世界大戦後に結ばれたベルサイユ条約の破棄と、イギリスとフランスを中心とした諸外国によるドイツ包囲網の枠組みを壊すという意味である。

より端的に言えば、賠償金の支払いはなかったことにする、再軍備を始める、失った領土の返還を要求する、といったことである。

当然、イギリスやフランスが黙っているはずがない。

「ナショナリズムを煽り、外に敵を求めるというのは、独裁者の典型的なやり方ですから。演説が巧みで、扇動に長《た》けた右腕がいるというのも、たちが悪い。

今のドイツは危険です。同盟などもってのほかというのは、自分も同感です」

井上もまた、政治的に危険なにおいを感じとっていた。

ドイツの絶対的指導者である総統アドルフ・ヒトラーは、国民の不満を逆手にとって、のしあがってきた男である。

ドイツ人の誇りを取りもどす。強いドイツを取りもどす。生存圏の拡大は、自分たちに許される当然の権利である。

一聴して、ドイツ国民には耳馴染みのよいものに聞こえるかもしれないが、それは言いかえれば侵略と外国人排斥の肯定に行きつく。

その主張の根底にあるのは、選民思想と人種差別主義である。


「ただ、我々も覚悟を決めて動かねばなりませんな。これでは孤立無援です」

「いざとなれば、自分の身は自分で守る。当然といえば当然のことだ」

山本は小さく笑った。そのうえで、忘れずにつけ加える。

「そのためにも、戦争回避の努力を怠ってはならん」

「難しいものですな。我々軍人は」

井上は天を仰いで軽く息を吐いた。

「そうわかっているうえで、なおかつ有事に備えなければならない」

「戦争回避と言っても、すべて相手の言いなりになっていては国そのものがなくなってしまう。そのために我々がいるのだからな、抑止力として」

山本は自分で自分に確認するように言った。

「功を欲して戦うのでは軍人失格だ。大事なのは、真に戦うべきときを見極め、その際には命を投げすててでも戦う勇気と覚悟を持つことだ」

山本と井上が懸念するドイツとの関係は、翌年思わぬ形で決着を見ることとなった。

政府高官レベルで進んでいた同盟へ向けた協議が、突如ドイツ側から打ちきられたのである。

日本にそのまま伝わることはなかったが、ヒトラーはこう言いはなったという。

「我が第三帝国は極東の猿どもの力を借りずとも、必ずや世界を獲るであろう」

イタリアを含めた日独伊三国軍事同盟は、ヒトラーの拒絶によって呆気なく泡と消えた。

国家間関係はますます複雑化し、世界はさらに混沌としていく。

山本と井上ら、後年良識派と呼ばれる男たちは必死に軍、ひいては国家の舵取りを試みていたが、複雑怪奇な世界の潮流は、まだまだ無数の難所を隠していたのだった。

一九三九年二月二日　上海近郊

引きあげていく艦載機と入れ違いに、水上艦艇は前進した。

「ずいぶん、あいつらも立派になりやがったな」

軽巡『由良』砲術科に所属する村松晶吾一等兵曹は、上空を見あげながらつぶやいた。

彫りの深い顔が、たっぷりと陽光を浴びる。まだ夏にはほど遠いが、顔はもう日焼けして真っ黒だった。

艦載機といえば、ひと昔前までは低速、小型で複葉、さらに木製、羽布《はふ》張りだったりする頼りない存在だったが、今上空を行くそれはまるで違う。いかにも速そうな全金属製で単葉の、洗練された機体ばかりである。

姿から推察できるように速力、航続力、そして雷爆撃機は搭載能力と、あらゆる面で進歩が著しいと聞く。

村松は、やや大きめの機体で構成された一群に目を向けた。

「健三郎たちは……あれか」

遠目にははっきりと見えないものの、九七式艦上攻撃機の一群と思われる。あのなかに、同期の仁保健三郎一等飛行兵曹がいるはずだった。

制式化されて三年めの九七艦攻は、それまでの艦攻のイメージを覆す、日本海軍期待の艦攻だった。

全金属製で単葉なのはもちろん、発艦後は主脚を翼内に引き込むことで空気抵抗を減らし、速力と航続力の向上に結びつけている。

細長い胴体の尾部に、一枚ずつの垂直尾翼と水平尾翼がつく外観は、立方体を思わせる従来の複葉機から一新されている。

また、艦攻隊の周囲を固める小型機は、九六式艦上戦闘機と思われる。

九六艦戦も高速性能と操縦安定性、そして単葉でありながら複葉機を上回る格闘性能を持つ傑作機と言われている。

全長七・六メートル、全幅一一メートルの機体は九七艦攻に比べれば二回りも三回りも小さいが、曲線を多用した滑らかな表面を持つ胴体は、空力学的に優れた形状で、密閉された風防からの視界も広いと搭乗員たちの評判もよい。

「うまくやってきたのだろうな、健三郎たちは」

艦攻隊は見かけだけでなく、実力も伴っていることを村松は認めていた。

「さあ、俺たちも負けるわけにはいかんな。実戦で気を抜けば、すぐにあの世行きだ」

そう、村松や仁保はすでに実戦のさなかにあった。敵はアメリカでもイギリスでもない。中国である。

満州問題で緊張下にあるなか、北京城の南西約六キロの位置にある盧溝橋で日本陸軍と中国軍とが武力衝突した。

初めは国境付近でよくある越境しての嫌がらせや威嚇程度の小競り合いだったはずのものが、またたくまに正規軍どうしの正面衝突へと発展した。

中国軍のほかにも、常日頃から悩まされているゲリラを一掃する好機と捉えた日本陸軍が、いっきょに戦線を広げたのである。

しかし、当初中国軍など簡単に退けられると考えていた日本陸軍だったが、中国国民党軍と中国共産党軍との内戦も含めた三つ巴の戦いは泥沼化して、日本はその負担に喘《あえ》ぎはじめていた。

国家間戦争となれば、当然海軍にも動員がかかる。特に上海周辺の租借地は、東シナ海や南方を臨むうえで海軍にとっての重要地域であり、陸戦隊や艦隊を派遣して中国軍の排除に努めねばならない。

こうしたなかでの村松と仁保の出撃だった。

艦攻隊は今回、陸上目標への水平爆撃が任務だったが、先日、中国巡洋艦『肇和《チャオホー》』と砲艦『舞鳳《ホンフー》』の撃沈に成功している。

洋上を走りまわる巡洋艦を航空攻撃で沈めたというのはちょっとした快挙であり、航空主兵主義者の鼻息は荒くなってきている。

台頭する航空屋に対する鉄砲屋や水雷屋たちのライバル意識も、日に日に高まっていた。

「足が長いってのは羨ましいね」

砲声が背中を圧迫した。沖合に待機していた第二戦隊の戦艦『扶桑』『山城』が砲撃を開始したのだ。三五・六センチ砲連装六基という、世界でも珍しい多砲塔戦艦である。

その前衛として、『由良』らは魚雷艇のような敵の小型船の奇襲に備えて、海岸近くを警戒する役割に就いている。

ほどなくして陸地の奥に爆煙が湧きたった。中国軍の駐屯地があると言われているあたりだ。

『扶桑』と『山城』は続けて発砲する。

まばゆい閃光に続いて黒煙が噴出し、遅れて砲声が届く。光と音との速さの違いが、はっきりと感じとれる場面である。

敵の反撃はない。

水上艦艇にとってもっとも怖いのは雷撃だが、物陰からうなりをあげて躍りでてくる魚雷艇もいなければ、陸上発射の魚雷が白い航跡を曳きながら迫ってくることもない。

『扶桑』と『山城』は一〇ノットそこそこのゆっくりとした速度で、海岸線と平行に移動しながら発砲を繰りかえす。

『長門』と『陸奥』の四一センチ砲に比べれば二回りほど小さい主砲だが、陸上兵器の目で見れば破格の大口径砲ということになる。

多少守りを固めていたとしても、敵戦艦の分厚い装甲を貫く徹甲弾の前には、ブリキ板さながらに破られ、また榴弾は広範囲に被害をもたらしているはずである。

今ごろ敵の兵舎や倉庫は倒壊し、隠されていた大小の火器類はガラクタ同然に破壊されているに違いない。炎は見えないが、空を汚す煙の量が格段に増えている。

「このままあっさりと任務終了となってくれればな」

村松はつぶやいたが、それは淡い期待にすぎなかった。

「敵！」

誰かの叫び声が聞こえた。

あたりを見回すと、『由良』と『扶桑』の中間海面に、点々と水柱が突きでていた。

敵の砲撃だ。

「沿岸砲というよりも、野砲かなにかだな」

村松は水柱の規模から、あたりをつけた。

立ちのぼる水柱は太さも高さも、たいしたことはない。七五ミリクラスか、せいぜい一二七ミリクラスの砲によるものだろう。

そのためか『扶桑』『山城』までは届かないらしく、敵弾はなにもない海面を無意味に抉《えぐ》っているだけだった。

「どこだ」

砲撃の出所を探しているうちに、敵もすぐに是正してきた。『扶桑』『山城』への砲撃を諦め、『由良』めがけて砲撃してきたのである。

右舷後方から着弾音が聞こえたかと思うと、今度は左舷真横に複数の水柱が突きあがる。

距離が近いせいか、砲撃の精度も上がっている。敵弾の飛翔音が高まったかと思うと、今度はすぐ前の海面が弾けた。

水音や炸裂音らが混然一体となって両耳に飛び込み、衝撃に基準排水量五一七〇トンの艦体が震える。

「し、至近弾！」

白濁した水柱が舷側をこすって昇り、一部は甲板上に濁流となって押しよせた。

「畜生が！」

村松は罵声《ばせい》を吐いた。

『由良』の五〇口径三年式一四センチ砲は密閉式の砲塔ではなく、弾除け程度の簡素な前盾がついただけのものである。当然、水密構造ではない。

村松ら砲員はまともに海水をかぶって、頭から手足の先まで全身ずぶ濡れとなりはてた。

海にさらわれた者がいなかったのは幸いだった

が、安泰だったはずの状況が一変したのはたしかだ。

海水を吸った軍装が肌にまとわりつき、頭や顔から滴《したた》りおちるしずくが不快感を助長する。

（こんな白昼堂々にやるから！）

村松は心のなかで悪態をついた。

一般的に、艦砲射撃は夜間に行うのが通例である。闇を隠れ蓑にして、奇襲効果と敵の反撃を受けにくくする効果を期待するためである。

それが今回は航空攻撃に呼応した作戦としたため、昼戦に変更された。

艦載機の発着艦は夜間には困難というのが理由だが、そのしわ寄せが自分たちにきたのではたまらない。

周辺の敵飛行場はすべて制圧しているから大丈夫とのことだったが、たしかに敵機が飛来することはなかったものの、敵の陸上戦力は果敢に反撃してきたのである。

「あれか！」

たくみに偽装していたのだろうが、発砲を繰りかえしたことで、かぶせていた草木が吹き飛んだり、土壁が崩れたりしたのだろう。

偽装が解け、発砲炎があらわとなった。

こうなれば対処は早い。

同行していた駆逐艦が、『由良』に先がけて一二・七センチの主砲弾を浴びせる。

『由良』も続く。

「撃《て》っ」

五〇口径、すなわち砲口直径一四センチの五〇倍にあたる長さ七メートルの砲身から、重量三八キログラムの砲弾が初速八五〇メートル毎秒で飛びだしていく。

約六秒間隔で叩きつけられる砲撃が敵の野砲を沈黙させるまで、さほど時間はかからなかった。

「撃ち方やめ」

『由良』が砲撃を中止したとき、すでに後方の『扶桑』『山城』の砲声も止んでいた。

観測機らしい機影が遠方に見える。

目標の破壊を確認したということなのだろう。

ただ、今回もわかったように、戦力差は明白だったにもかかわらず、敵は最後まで抵抗してきた。

中国軍はけっして臆病で、稚拙な軍隊などではない。敵を見て慌てて逃げるようなこともない。

勝算が乏しい戦いでも、任務を放棄せずに最後までやり抜く意思統一がなされ、統制のとれた軍であることが、今回の作戦からもわかった。

そうそう簡単にこの戦争は終わらない。

一介の下士官にすぎない村松にも、当初の思惑と現実との乖離《かいり》が大きくなっていることを、はっきりと思い知らされる一日となったのである。

さらに、この日はこれで終わりではなかった。

「敵機!」

「なに!」

背中を叩く声に村松は振りかえった。

陽光を鋭く反射した光点が瞳を射抜いた。蒼空を衝いて、それが猛然と近づいてくる。

静まりつつあった海上に、発動機音が狼の遠吠えのように響く。

「回せ、回せ!」

「急げ!」

「もたもたするな!」

砲も機銃も慌てて砲座、機銃座を旋回させて砲銃身を振りあげる。

「中国軍の飛行場はすべて潰したはずじゃなかったのか!」

「観測機もなにをしていたんだ!」

罵声が次々と口を衝いて出る。

突然のことと、敵を叩きのめしたと思っていたところへ冷や水を浴びせるような出方とに、多くの者が冷静さを失っていた。

現れたのはたった一機だったが、それを不思議に感じる者は少なかった。

「I‐16？」

接近する機は全体的に太く短く、一見ソ連製のポリカルポフI‐16に思えるが、どことなく違う気もする。

各砲手、機銃手は目を血走らせて、いましも発砲しそうな勢いである。

「違う！　あれは中国軍機じゃない」

「発砲は禁ずる。繰りかえす。撃つな」

村松が叫ぶのに、砲術長の指示が重なった。

接近する機は淡い青色に塗装されていたのに加えて、なにより白い星形の識別マークをつけていた。

アメリカ軍機である。

よく見れば、低翼式のI‐16と違って、主翼が胴体中央についた中翼式をしている。

アメリカ海軍の主力艦上戦闘機ブリュースターF2Aバッファローである。

「米軍の空母が近くにいるのか？」

「なにをしに来たんだ？」

F2Aはそのまま『扶桑』『山城』に接近した。艦上をまとわりつくようにして、二度ずつ艦橋まわりを旋回する。

当然、『扶桑』『山城』は発砲しない。対米関係が微妙な状態にあるなかで、海軍全体にアメリカ軍を刺激するような行為は厳禁である旨、通達が流れている。

相手が発砲できないとわかっているにしても、大胆な行為だった。

それをやめたかと思うと、F2Aは速力を上げて低空の水平飛行に移った。『由良』に向かってくる針路である。

空冷発動機の前で回転する三翅プロペラや角張った風防が急拡大する。

「撃、撃たせてください！」

「ぶつかるぞ！」

『由良』の乗組員があげる声は、もはや悲鳴だった。

どちらも撃てば確実に命中する。だが、お互いに撃たない、撃てない。挑発と忍耐、度胸と我慢がぶつかり、神経をすり減らし、火花を散らす。

「烏《からす》!?」

村松の瞳に、F2Aの機首に描かれた鳥の絵が飛び込んできた。

F2Aの機首は漆黒に塗装されていた。その後ろに烏の頭らしい気味の悪いペイントがあった。

黒色と烏……いずれにしても死を連想させ、不幸を呼び込む印象を与える。

自然に鳥肌が立った。

F2Aは、そのまま『由良』の艦上を飛び去っていく。さらに高度を下げて、マストよりも低い位置から主砲や艦橋に圧力をかけていく。

「馬鹿野郎！」

爆音が両耳からねじ込まれ、強風が艦上を吹きぬける。帽子を飛ばされた者は一人や二人ではなかった。

「なんて奴だ」

村松は飛ばされそうになる帽子を押さえながら、その場にかがみ込んだ。

度胸もそうだが、それに加えて衝突すれすれに機体を誘導していく操縦技量も並みのものではない。

主砲前盾を腹がこすり、ひねった機体の先で主翼が艦橋にかすったかと思えたほどである。

「あいつ」

奥歯を噛みしめながら、村松は小さくなっていくF2Aの後ろ姿を追った。震える眼差しとともに、その胸中は感嘆と驚嘆の念で満たされていた。

軽巡『由良』ら日本艦隊上空に単機で現れたアメリカ海軍少尉ジョニー・ホーナーの表情は、あくまで淡々としたものだった。

ライトR-1821-40の軽快なエンジン音を耳にしながら、鼻歌混じりでホーナーは次の「標的」を見おろした。

発着艦の真っ最中にある日本空母だ。

ホーナーの任務は敵情偵察だった。中国と戦争状態にある仮想敵・日本海軍の状況を探るわけである。

細かい指示はない。だから、ホーナーはちょっとした遊びの意味を含めて、自分の力を見せびらかそうとしただけだった。

ホーナーは茶色の髪と瞳を持つ白人だが、人種的偏見や白人至上主義のような思想はなかったし、日本軍や日本人に対する個人的怨みもなかった。

ホーナーにとって、戦争も殺しあいというよりは、命をチップとした腕の競いあいのように思っていた。

「行くぞ、日本人。レイブン・ヘッド（烏の頭）を目によく焼きつけておくんだな」

ホーナーは逆落としに急降下をかけた。漆黒に塗った機首が、レイブン・ヘッドならぬハンマーのヘッドと化して標的に向かう。視線の先には平甲板型の空母があった。たしか『リュウジョウ』という艦名の空母である。

高角砲の砲身が向くのが見えた。

「やれるものなら、やってみるがいい」

ホーナーの口元が自信たっぷりに緩む。

戦争の相手国ではないから撃てないだろうということではなく、撃たれても当たらない自信がホーナーにはあった。

それだけ、ホーナーの機動は鋭く鮮烈だった。

着艦した艦攻の尾部をかすめるようにして、空母の飛行甲板を横切る。

「Ｇｏｏｄ！」

逃げまどう兵や驚きのあまり立ちすくむ兵が目に入るが、ホーナーの眼中にはなかった。

嘲笑《ちょうしょう》したり、罵声を浴びせたりする暇があったら、次の機動を優先するというのがホーナーのやり方だった。

今の機動は自分の理想に近い。そのままループに入る。

（ちっ）

ホーナーは舌打ちした。一瞥《いちべつ》した空母艦上で赤旗が出ていた。着艦中止の合図である。

「せっかくの見せ場をよ」

ホーナーはループを二度続けて、飛行甲板を舐めた。

アメリカ海軍初の単葉引き込み脚付きの艦上戦闘機として採用されたＦ２Ａは、ホーナーの要求にはまだまだほど遠い出来だったが、日本軍を驚かせるには充分な動きを見せていた。

「次に来たときは、戦闘機の出迎えがあってもいいがな」

ホーナーは漆黒の機首をアピールしながら、その場を後にした。

全長八・〇メートル、全幅一〇・七メートルのＦ２Ａが小さくなり、蒼空の彼方に消えるまで、そう時間はかからなかった。

呆気にとられる同僚たちを横目に、空母『龍驤』艦攻隊員の仁保健三郎一等飛行兵曹は危機意識を高めていた。

仁保が着艦した直後にＦ２Ａは飛来した。

仁保は騒然とするなかで、飛行甲板横のスポンソンに逃げ込んだが、そのぶんF2Aの機動を間近で目にすることになった。

正直言って、容易ならざる相手に見えた。

（あれが米軍）

今相手にしている中国軍機とは、まるで別次元の機動だった。

もしアメリカと戦争になったら、自分たちはあのような相手を敵にまわすことになる。そのとき自分はああした敵をかいくぐって、敵艦に魚雷を放たねばならない。

かなりの困難がつきまとうことになるだろう。その前に味方も何機落とされることになるか。

初陣を飾った後だったが、いっきに気分が暗くなった。

自分たちは、まだまだひよっこだ。知らないことと、できないことが多すぎると、喜びは一瞬にして吹きとんだ。

艦上は変わらず、ざわついている。

着艦待ちの機が早く降ろせと上空を旋回していたが、騒ぎはまだまだ落ちつきそうになかった。

一九三九年二月一〇日　東京・霞が関

前年末をもって世界各国の海軍を縛りつけていた軍縮条約は期限切れとなり、世界は再び無条約時代に突入した。

主要国のなかで更新に前向きだったのはイギリスだけで、期間延長の合意がなされなかったのである。

一五年弱にわたる海軍休日が終わりを告げたため、世界各国の造船関係者はこれまでになく仕事に追われる羽目になった。

艦政本部第四部に所属する瀬田信晴造船大尉と

葉山甚六造船大尉の二人も、その渦中にとらわれていた。

「お勤め、ご苦労さん。もう顔も忘れるかと思ったぞ」

長期出張から戻った瀬田を、葉山は夕食に誘った。同じ部に所属しているとはいえ、さすがに仕事中に私的な会話を長時間することはできない。

造船を志した同期の親友と納得のいくまで意見をぶつけ合ったり、ふざけ話をしたりするには別席を設ける必要があった。

「今回は特に長かったな」

「ああ。正月も返上して二カ月近くか。こういう状況だから当然だろうな。まあ、暇すぎてあくびしているよりも、よっぽどいいだろう」

瀬田の表情は明るかった。

黄土色がかった肌の色こそ疲労を滲《にじ》ませていたものの、双眸からは意欲がみなぎり、一語一語に活力があった。

その気持ちは葉山も充分理解していた。

軍縮条約の縛りでなにもできなかったときとは雲泥の差だった。

軍縮条約失効を見越して、三年ほど前に新型戦艦の設計依頼が飛び込んできたとき、艦政本部は狂喜乱舞した。

ついにこのときが来たかと誰もが奮いたち、これまでたまりにたまった鬱憤を、渾身の作業で晴らそうと思ったものだ。

これまで十余年蓄積してきた新しい技術を惜しげもなく投入して誕生する新型戦艦は、きっと目の覚めるような出来栄えとなるに違いない。絶対にそうしてみせる。そう意気込んだのである。

しばらくは上役たちによる素案の検討だったが、細部の研究と分析が進むにつれて、瀬田や葉山のような担当クラスにも具体的で重要性の高い仕事が下りてくるようになった。

そして、新型艦の検討は戦艦にとどまらず、空母にも及んでいた。

ここで瀬田は戦艦の、葉山は空母の設計班に所属して、精力的に仕事をこなしている。

両艦とも第三次海軍補充計画、別称③計画として建造は決定しており、今年中に起工されることになっている。

設計作業は大詰めを迎えていた。

「亀ヶ首にでも行ってきたのか」

「軍機につき、お答えできません」

瀬田は自分で言って吹きだした。

部内者といっても機密事項をべらべらと喋るわけにはいかないが、一般人と接しているわけではない。「部外秘」の情報までは会話が許される。

もちろん、次期新型戦艦の仕様や性能に関する情報は極秘事項であり、特に外での会話には厳重な注意が必要だった。

「亀ヶ首にも行った。まあ、あそこは決着済みだから、念押しのようなものだけどな」

亀ヶ首というのは、呉の倉橋島東にある呉海軍工廠砲熕《ほうこう》実験部の亀ヶ首試射場のことである。

そこで、次期新型戦艦に積む砲を繰りかえし試験しているであろうことは想像に難くない。

ただ、瀬田が言うようにここまで計画が進んだ段階では、今さら新型の砲を試したり、使える使えないといった話をしたりするはずもなかった。

せいぜい耐久試験を繰りかえした結果で命数をどの程度に設定するか、すなわち砲身の交換頻度の議論や、採るべき射法の意見交換あたりが目的と思われる。

もっとも、そうだったとしても砲熕兵器を担当とするのは第一部のはずだから、基本設計を担当する第四部としては、それこそ「念押し」だったろう。

「今回はほとんど工廠内にいた」

「工廠内？　ほう、機関か」

「さあな」

はぐらかす瀬田だったが、いたずらな笑みは明らかに肯定していた。

呉工廠には海軍きってのタービンの権威と言われる機関実験部の北川政技術少佐がいる。

計画中の新型戦艦は当初、燃費に優れて航続力が長いディーゼル機関の採用が検討されていたが、潜水母艦『大鯨』に試験的に搭載されたドイツ製ディーゼル機関の評価が芳しくなかったため、蒸気タービンに変更されたと聞いている。

これも今さら基本方針の議論ではなかっただろうが、タービンの性能と缶数、それに伴う搭載燃料をどうするかで、艦体の設計も変わってくる。

艦内区画の割りあては重要な設計要素である。

特に次期新型戦艦は従来の全体防御——艦全体を極力分厚い装甲で覆うという思想から、集中防御——弾火薬庫や機関などの重要部位を艦の特定箇所に集中させて、そこに装甲を重点的に割りあてる思想に変わっているのだから。

集中防御で生じる非装甲部は、注排水で補う間接防御となる。よって、区画の割りふりは、艦の生存性に関わる非常に重要な要素のはずだった。

この集中防御の採用は、次期新型戦艦の特徴を決定づける鍵と言える要素でもあった。

部分ごとの装甲厚の適正化によって、全体の鋼鈑量は大きく減少し、徹底した要所の集中化は艦体の肥大化防止に貢献することになった。

これにより、全長と排水量は当初の計画比で一割から二割の削減を見たのである。

これは運用面で多大な利点となるばかりでなく、砲戦時の投影面積といった点でも、有利に働くはずだった。

また、これらの検討過程で主砲配置は前部二基、後部一基の基本的なものに落ちついた。

当初有力だった前部集中配置案は、弾火薬庫が域内に収まらないということで、利点なしとの判断に至ったためである。

「機関が決まれば、総燃料も決まる。あとは解決済みのはずだ。艦内区画を最終決定して、いよいよ本決まりだな」

「さすがだな。察しが早い」

「素人ではないからな」

葉山はさらりと言った。

「貴様の意見は？　さぞかし思いどおりの艦になったのだろう？」

「うん。まあな」

瀬田は苦笑した。

「俺が責任をもって仕上げてやる。これは俺の艦だ」などと豪語していた瀬田だったが、それほど力があるわけがない。

ただ、才能と実力、天才的なひらめきがあるのは、自他ともに認める事実だった。

「ああ、俺の青写真に近いかな。重心を下げたりしたところには、俺の案が反映されている。艦の復元性向上とともに、防御面でも有利だ。

それによって艦の外観も特徴あるものになる。あまり詳しくは言えんが、見て驚くなというところかな。ところで、貴様のほうはどうなんだ？」

瀬田は探りを入れた。

葉山は葉山で重要な職に就いている。

「それこそ、これまで我が軍が培《つちか》ってきた艦載航空技術の結晶たる逸品ができるのだろう？」

「ずいぶん大袈裟な物言いだな」

葉山は肩をすくめた。

「まあ、嘘ではないが」

日本海軍は『鳳翔』に始まって、改造空母『赤城』『加賀』、小型空母『龍驤』を経て、一九三七年に中型空母『蒼龍』を、そして今年竣工予定の『飛龍』を建造した。

日本海軍が蓄積してきた空母関連技術と運用ノウハウを注ぎ込んで完成させた初の本格的空母が、この『飛龍』『蒼龍』だったが艦橋位置を左右で使いわけるなど、まだ実験艦的な意味あいを残しているのも事実だった。

次期新型空母は、それらの運用実績もふまえた大型空母として、集大成の艦となるはずだった。

「艦載機の円滑な運用と搭載機数、速力、航続力、いずれも高次元で並立させた空母となるのは間違いない。艦容も新世代の空母にふさわしい、まとまったものになるはずだ。と、そのくらい言ってみろ。つまらん奴だな」

「貴様とは人種が違うからな」

葉山は目を逸《そ》らした。

自画自賛がすぎるくらいの瀬田と、なにごとも淡々とこなす葉山は好対照の人間だった。

ただ、えてして真逆の人間はうまが合う。似かよった相手だと、一度反目しあうと修復がなかなか難しい。

「『赤城』や『加賀』はいかにも造りかえましたって感じだったからな。『龍驤』なんかは無理しすぎだし」

瀬田が言うように、途中で空母に改造した『赤城』『加賀』や、建造枠が多少余っているからと、狭いところに無理やり詰め込んだ感じのある『龍驤』は、外観にもその影響が出ている。

本来、上甲板だったところに格納甲板と飛行甲板を載せて、乾舷が異様に高くなったり、艦橋が飛行甲板の下に押し込められたりといった具合である。

起工間近の次期新空母は、機能的にまとまった艦容になるであろうことは自明の理だった。

「ああ」

そこで、葉山が思いだしたように口を開いた。

「例の艦首はこちらでも採用された」

「例の艦首……なに！　本当か、それは」

瀬田は両目を大きく見開いた。

「そんな大事なことを、今までなぜ黙っていた」

「いや、黙っていたわけではなくて」

「言い訳するな！　遅いというのは、黙っていたのといっしょだ」

瀬田の口調は、葉山の首根っこをつかまんばかりの勢いだった。

それだけ重大なことだった。

「例の艦首」というのは、瀬田と葉山が新米のころから研究してきた球状艦首――バルバス・バウのことだった。

日本海軍が満を持して建造する戦艦と空母に、それが揃って採用されたというのは研究に携わってきた者にとって、これ以上ない喜びだった。

それこそ、「これまでの苦労が報われた」「自分たちのやってきたことは間違いではなかった」と、瀬田が感慨深い気持ちになるのも当然だった。

喫水線下の艦首が、戦艦のほうは大きく棒状に突きだす形、空母のほうは水滴のように膨らんだ形と差異こそあったが、いずれも五パーセントから一〇パーセント近い水中抵抗の減少が見込まれていた。

「楽しみだな」

「ああ」

瀬田は身体まで使っての、いわゆるボディランゲージで、葉山はいたって控えめながら、それぞれの艦に期待と夢をのせていた。

それらが実際に形としてできあがってくるまで

には、まだ四年もの長い時間が必要とされるはずだった。

第2章　戦雲色濃く

一九三九年八月一〇日　横須賀

久しぶりの同期会だった。

陸上勤務ならまだしも、洋上を職務とする艦船勤務の者が他艦の者と顔を合わせることなど、まずない。

しかもそれが、空母艦載機の搭乗員と軽巡洋艦の鉄砲屋、そして長期航海が基本の潜水艦乗りと、役割も任務の性格もまるで違うとなれば、なおさらである。

それが母港とはいえ、一堂に会することができるとは滅多にない機会だった。

軽巡『由良』砲術科に所属する村松晶吾一等兵曹は、空母『龍驤』と伊号第二潜水艦の帰港情報を聞きつけ、早速、同期の二人――空母『龍驤』艦攻隊員の仁保健三郎一等飛行兵曹と伊二潜航海士飯原洋七兵曹長に連絡をとって、旧交を温めることにした。

横須賀の海兵団に同期入団して以来一〇年、それぞれの職場で実務の指導的役割を果たすまでに成長した三人である。

もちろん、下士官レベルで立派な料亭に席を取る贅沢などできるはずもなく、場所はなじみの小料理屋である。

「遅いな、あいつ」

懐中時計を幾度も取りだしながら、村松は円卓を小突いた。

すでに約束の時間から三〇分が経過しようとしている。一応、個室は確保できたものの、相手が来なければ始まらない。

「さすがにそろそろ始めるとするか。ただ、待っていてもな」

「ああ、まさかすっぽかしはないだろうが。時間も時間だからな」

仁保も待ちくたびれた様子で渋面を見せた。

せっかく久しぶりにまずい顔でも拝みながら、馬鹿話でも聞こうかと思っていたところが、出だしからとんだつまずきだった。

「それと花輪の奴にも声をかけたが、あっさり断られたよ」

仁保は小さくため息をついた。花輪というのは、仁保と同じ隊に所属する同期の花輪佐平二等飛行兵曹のことである。

「人嫌いの花輪か。来るなとは言わんが、いいんじゃないのか。ああいう奴は放っておいても。本人もそのほうがありがたいだろうに」

「そうはいかんよ。来たくないだろうと一方的に決めつけて、声もかけないというのは。あいつはけっして悪い奴ではない」

「そんなものかね」

首をかしげる村松に仁保は酒を勧めた。

「まあ、この場は仕方ない」

「ご苦労さん」

二人は互いに徳利《とっくり》を豪快に傾けた。なみなみと注いだ冷酒をいっきに飲みほす。

「くうー」

「かあー」

日頃の疲れをいやすかのように、酒がはらわたに染みいる。本土の大地にしっかりと足をおろしていなければ味わえない、安心感のあるうまさだった。

「よしっ、もう一丁だ」

　素早く酒を注ぎ、村松は冷奴をたいらげた。仁保は枝豆に手を伸ばす。定番中の定番だが、やはり夏はこれに限る。

　こうしたものを食べないと、夏になった気分にはならない。

「今日くらいは軍務を離れて、とことん飲むか」

「よしっ、麦酒だ。麦酒」

　村松は「大日本麦酒」のラベルがついた瓶を握って、仁保に突きだした。

　ちびりちびりやる仁保をせかして注ぎたす。冷たい麦酒の瓶というものは、それだけで飲みたいという欲をそそる。

　しっとりとした水滴の感触がまたいい。

　ちなみに後年では考えにくいことだが、軍内では階級によってありつける麦酒は決まっていた。

　士官以上は麒麟、下士官以下は大日本といった具合である。ちなみに大日本麦酒は後年分割されて、アサヒ、サッポロとなる。

　厳然たる階級社会である軍の一側面だ。

　アルコールがまわりはじめ、顔が赤らんできたところで静かに襖《ふすま》が開いた。

　覗いた顔は、紛れもない待ち人のものだった。

「洋七！　お前、今ごろ」

「今ごろって」

　悪びれることもなく入ってきた飯原に、村松はたたみかけた。

「もう待ちくたびれたぞ。仕方なく先にやっていた。貴様、そんなことでよく軍人が務まるな。時間厳守！　常識だろうに」

「待ちくたびれたって。ずいぶん早く来たのだな、二人とも」

「ん？　ちょっと待て。貴様、何時の約束で来た?」

不審に思って尋ねた仁保に、飯原は屈託ない表情で答えた。

「まだ一〇分以上前。約束は七時だったはず」

その瞬間、仁保は天を仰ぎ、村松は両目を吊りあげた。

「約束は六時だ。たわけ! 一七時を七時と間違えるならばまだしも、一八時が七時にはならんわ。それにだ」

村松は大げさにのけぞり、鼻と口を両手で塞いだ。

「貴様、いつ風呂に入った」

「いつって」

飯原は首をかしげつつ、再び屈託ない表情で答えた。

「覚えとらん。帰港しても、しばらく後始末で忙しかったから。なにか臭うか?」

「臭うもなにも」

村松だけでなく、仁保も顔をしかめてうなずいた。普段、感情をあらわにすることが少ない仁保にしては珍しいことだった。

「潜水艦乗りは皆こうだよ」

飯原は笑いとばした。

几帳面な村松に、堅実で打算的な仁保、そして天然でおとぼけな飯原と、三人は強い個性を持っていた。

「仕方ねえ」

村松は窓を開け、自ら風上に座った。

「洋七、貴様は向こうだ」

飯原に風下に座るように促し、仁保に目で確認を求める。

仁保は無言でうなずき、窓際に寄った。

「飲みなおそう」

熱燗を頼んで、おちょこをまわす。

仁保が飯原に、そして村松に注いで、飯原が仁保に注ぎかえす。

「それぞれの武運長久を祈って」

仁保が音頭を取った。おちょこを掲げて、三人がいっきにあおる。

真っ黒な村松と色白の仁保、中間的な飯原と、三人の顔がやわらぐ。

「二人とも変わったね」

「変わった?」

「うん。軍人らしくなったというか、顔つきが男っぽくなったというか」

「もともと男だろうが」

「戦時だしな」

村松は首をかしげ、仁保は微笑した。

「もう一〇年か」

「そうだな」

村松と仁保は海兵団に入団した当時のことを思いかえした。

子供のころに見た戦艦『金剛』へのあこがれと、三陸の寒村での厳しい生活で、親の負担を減らそうという意味あいで村松は海軍に志願した。

それはいつしか、富国への貢献と対立する敵国への対抗心に行きついた。

軍にいればあまり感じないが、忘れたころに帰郷するたび、地方が疲弊していることがひしひしとわかった。

食べるのがやっとどころか、その日食うにも困る家がいくつも見られたのだ。

そうした悪しき状況は、敵の排除と国の繁栄で変えられるのだと、村松は強く思うようになったのである。

頭がよく、兵学校に行けばよかったのにと幾度も言われたが、村松自身に興味はなかった。地位や権力よりも、砲術を極めること。目に見え、肌で感じる貢献を求めて現場主義を貫くのが、村松の生き方となっている。

対する仁保は、単純に軍人を職業のひとつと考えて入団してきた男である。

良くも悪くもわりきった行動をするのが仁保の特徴であり、自分が生きて帰ってこそ次があるというのが、仁保の基本的な考えであった。

「ところで、洋七はなんで海軍に入ったんだ?」

「うーん、なんでだろうな」

あらためて村松に問われて、飯原はしばらく考えてから答えた。

「気がついたら、ここにいた。なんとなく」

「おいおい頼むぜ、兵曹長様よ」

村松は呆れた様子で飯原の肩章に目を向けた。

村松と仁保は、ダブルクロスの錨《いかり》の上にのった桜の花を、桜の葉で囲んだ一等兵曹の階級章をつけているが、飯原の肩についているのは金線一本の兵曹長のものだ。なにより兵や下士官の丸い形状ではなく、長方形をした士官の形状をした階級章である。

下士官の村松と仁保に先がけて、飯原は准士官に昇進している。

だが、ここは非公式の場ということで、村松はあえて皮肉めいた無礼講としている。口調は上官に対するものではなく、完全に遠慮のない友人に向けてのものとなっていた。

「海軍に入った動機はともかく、兵曹長には兵曹長なりに、しっかりと働いてもらわんと」

「まあ、潜水艦勤務というだけでも、優遇されていい気もするがね。一階級特進で潜水艦勤務を希望するかと聞かれたら、どうするよ」

「違いねえ」

仁保の言葉に村松も相づちを打った。

臭いに限らず、狭い空間に長期間閉じ込められる潜水艦というものは、水上艦乗りや飛行機乗りにはない苦労が多いことは容易に予想できた。

「とにかく、こうして三人で無事顔を合わせられたのがなによりだ。

上海方面に出撃していたと聞いたけど。うちらが半年ちょい、南方で哨戒任務に就いている間に」

「半年かあ」

うんざりした様子の村松に、飯原はきょとんとした顔で続けた。

「今度はもっと長いと聞いているけど。艦長から一年は最低覚悟しろと」

「一年!」

そこで仁保が割って入った。

「行き先は南か?」

「いや、東だと聞いている」

「なんだ。マーシャルあたりか」

「違うな」

仁保の表情がそこで変わった。

同期会に臨んでいた私人の顔が、軍人のそれに戻っていた。緩んでいた表情が引き締まる。

「マーシャルならば、一年などいらない。一カ月もあれば十分なはずだ。頻繁に帰港もできる」

そこで、仁保の目つきが一段と厳しくなった。

「ハワイか、下手をすれば、米西海岸付近までということも考えられるな」

「なんだよ。開戦前夜でもあるまいし」

「その雲行きが、いよいよ怪しくなってきたということかもしれん」

憮然とする村松を前に、仁保の表情が険しさを増した。

「政府や上もそうした認識になってきた、ということか」

村松も低くうなった。

日米関係はたしかに悪化の一途をたどっていた。

大陸から手を退けというアメリカの要求を、日本は拒否するどころか、さらに大陸に深入りして中国と国家間戦争まで始めてしまった。

自衛のための当然の権利行使と主張する日本政府だったが、アメリカ政府の公式見解は不当な侵略戦争であると、一貫して変わらなかった。

日系移民の受けいれ制限や日系人の移動制限といったことに始まったアメリカの対日制裁は徐々に強められ、中国国民党軍への資金と物資の援助、企業への対日輸出の自粛要請、国際的な対日包囲網の形成と、圧力を高めてきている。

（もしや、あれもか）

そこで、ふと気づいて仁保は顔をあげた。

ここ最近、空母に補充される機体の納品が突如遅れたり、修理の見とおしがたたなかったりするトラブルがしばしばある。

仁保のような下士官にまで知らされてはいなかったが、アメリカ政府は日本の中国空襲に自分たちが好まずとも加担してしまっているのだと、航空機関連の精密部品と工作機械を扱う企業に、対日輸出を自粛させていたのである。

さらに、アメリカ合衆国フランクリン・ルーズベルト大統領は、日本への示威行動として、太平洋艦隊の主力たる戦艦の大半をハワイのパールハーバーへ進めている。

それに対峙《たいじ》する日本海軍は、戦う戦わないという意思にかかわらず、警戒を強めねばならないのも当然だった。

（厳しいな）

さらに仁保と村松の脳裏には、上海近郊で目にした鳥の頭《レイブン・ヘッド》が甦っていた。

相手の艦載機が全機そうではないだろうが、あの驚くべき機動を見せつけた相手が、いよいよ敵になるのかと思うと、憂鬱になるのも当然だった。

太平洋を渡る風は次第に強く、そして波も高くなりつつあった。

だが、世界の目はアジアよりも、むしろ欧州に向いていた。アドルフ・ヒトラー率いるナチス・ドイツが、いよいよ本格的に侵略行動を開始したのである。

一九三九年九月二六日　ポーランド

散発的な銃声と砲撃音に、ワルシャワの街は震えていた。

瓦礫《がれき》が重なり、遺体が転がるなかを、鉤《かぎ》十字の識別マークをつけた車両が慎重に進む。

警戒の目を光らせるように、砲が左右に旋回する。ひとたび敵とみれば閃光をほとばしらせて、鉄と火薬の強烈な一撃を見舞うのである。

遡《さかのぼ》って九月一日、ドイツ軍はポーランド領内に侵攻した。

恫喝ときわめて狡猾《こうかつ》な交渉によって領土を広げてきたナチス・ドイツが、ついに武力という最終手段に訴えて侵略を始めたのである。

チェコスロバキア国内のズデーテン地方の併合を「最後の領土的要求」としていた主張を、総統アドルフ・ヒトラーはあっさりと翻《ひるがえ》して強硬手段に出たということになる。

しかし、それは必然だった。生存圏拡大による第三帝国確立という野望をヒトラーが持っていることは、公然たる事実だったのだから。

ドイツ民族らアーリア人と比べて、東方に住むスラブ民族は下等な生きものである。よって、我らはそれらをしたがえ、支配するのが当然と言える。

障害となるならば淘汰も辞さない。

それが、ヒトラーの持つ思想の根幹にある選民思想なのである。

それをわかっていながら、地域大国であるイギリスもフランスも、ドイツひいてはヒトラーへの対応は弱腰で甘すぎた。

一九三六年三月におけるフランス国境沿いの緩衝地帯ラインラント地方への進駐に始まり、オーストリアの併合とチェコスロバキアの解体など、ドイツの強権的行動はこれまで何度もあったにもかかわらず、二〇年前の大戦の再燃になることを恐れたイギリスもフランスも、そのたびに黙認してきたのである。

これ以上ドイツが増長することはないだろうと希望的観測を繰りかえしてきたことが、ヒトラーとナチスをのさばらせた。

イギリスとフランスが、もっと初期の段階で毅然とした行動に出ていれば、この戦争勃発は免れたのかもしれない。


しかし、すべては後の祭りだった。

周到に準備された軍備と作戦計画によって、ドイツ軍は破竹の進撃を続けた。

高度に機械化されたドイツ軍の進撃速度は目を見張るもので、またユンカースＪｕ87スツーカに代表される戦術爆撃機部隊との連携も見事で、ポーランド軍を圧倒した。

戦略的にもドイツ軍が数段上だった。

ドイツとの西部国境に主力を集中配置していたポーランド軍の盲点を衝き、南北からまわり込んでそれらを分断、撃破していった。

精強で知られていたポーランド軍の騎兵旅団も、ドイツが誇る戦車、装甲車を集中配備した世界初の装甲師団の前には無力だった。

さらに、ポーランドにとって不運だったのは、西方からのドイツだけでなく、東方からソ連が侵攻してきたことだった。

ドイツとソ連という軍事大国二国に挟撃されては、耐えられるはずがない。

ワルシャワの市街戦は、断末魔のポーランド軍が残す最後の灯《ともしび》だった。

高層建築物に潜む狙撃兵が、重要目標を撃ちぬいてドイツ軍の進撃速度を鈍らせば、轟々と押しよせるドイツ戦車には、巧みに隠蔽された対戦車砲の洗礼を見舞う。

このワルシャワの市街戦に限っては、ポーランド軍は善戦した。

ドイツ軍は投入した一二〇両あまりの戦車のうち、約半数を失うという大打撃を被《こうむ》った。

これこそがポーランド軍が見せた最期の意地であり、魂が燃え尽きる前の最後の輝きだったのかもしれない。

ポーランド軍の抵抗はそこまでだった。

業を煮やしたドイツ軍は陸戦での占領を断念して、空からの強硬手段に踏みきった。

軍民を問わない、無差別爆撃である。

無数の爆撃機がワルシャワの空を覆い、容赦なく航空爆弾を降らせつづけた。

ワルシャワの街はたちまち炎に包まれ、形あるものは片っ端から潰されて、煤《すす》と煙のなかに堆積していった。

九月二七日、ワルシャワは陥落した。かすかな灯は、鉄と火薬の暴風によって吹きけされた。

東欧の大国ポーランドは、四週間足らずで地図上から消滅したのである。

一九四〇年五月二六日　フランス・ダンケルク沿岸

駆逐艦『アンバスケード』に乗り組むイギリス海軍曹長アラン・ウォルキーアは、フランス沖で緊急任務にあたっていた。

『アンバスケード』は、大戦後にイギリス海軍が新たな駆逐艦の原型とすべく発注した試作艦の一隻である。

速力、航続力、居住性などすべての点を改善した近代的な駆逐艦を目指した艦で、はっきりとした短船首楼型の艦体に角ばった艦橋構造物、二本の後傾斜した煙突を持つのが特徴だ。

すでに旧式化しつつある艦だが、イギリス海軍は今、動ける艦はすべて動かす必要にかられていた。

多数の輸送船がゆっくりと沖合に向かっていた。どっぷりと深まった喫水から、どの船も過積載は明らかである。

そのため速力も亀が這うようなものであり、海の上を歩けさえすれば、人が歩いて追いこせるようなものだった。

すぐ脇を行く小型の船などは、上甲板が海面すれすれまで沈み込み、高波に煽られればすぐさま転覆しそうにさえ見えた。

なぜ、これほどまでに無理をするのか。理由は明白だった。

輸送船にこれだけ詰め込んでも、海岸には脱出を待つ友軍の兵がどこまでも連なっていた。

立錐《りっすい》の余地もないほど押しよせるという狂乱状態には至っておらず、まだある程度統制がとれて並んでいるようには見えるが、逆にそのために列の最後尾はまったく見えない。

「長蛇」という言葉では、とうてい表しきれない人数だった。

「信じられん」

ウォルキーアは、悲惨な現実を目の当たりにして悪寒《おかん》を覚えた。望遠鏡を覗く手の震えが止まらず、鼓動が不規則に荒くなる。

そこで、また信じがたい光景に出くわした。

『アンバスケード』の脇を通過しかける輸送船上から、ぼろぼろとなにかが海面に落ち、あるいは投げ込まれている。

「人」だった。

鈴なりにつかまっていた兵が力尽きて海面に落下し、また傷病兵かなにか生還の可能性に劣る者が捨てられている。

輸送船は止まらない。救助に行こうとする船もない。ただの一隻もだ。

それだけ状況は逼迫《ひっぱく》し、余裕がない。

残酷で非人間的な光景だが、これが現実だった。

衝撃にウォルキーアはその場に立ちつくし、声を失った。金髪翠眼《すいがん》の表情からは精気が失われ、幽鬼のそれと化した。

（これが……これが誇り高き我が軍の現実だというのか）

残念だが、夢ではない。

海岸に連なっているのは、敗走してきたイギリス大陸派遣軍の「なれの果て」であり、敗残の将兵が命からがらイギリス本土に脱出をはかっているのだ。

「『ダイナモ』作戦に従事する！」とウォルキーアらは勇んでとりかかったが、その中身はドイツ艦隊との決戦でも、勇壮な揚陸作戦でもなく、ドイツ軍に追われて逃げてきた友軍の将兵をただただ拾いあげて後送する任務であった。

ナチス・ドイツの侵略は、またたくまに欧州全域を飲み込もうとしていた。

ポーランドをソ連と分割占領した後、ヒトラーの目は北欧に向き、ノルウェーを占領して鉱物資源を獲得するとともに、北極海や大西洋への出口を広げることに成功した。

返す刀でヒトラーはついに西に軍を動かし、宿敵フランスに侵攻した。

その過程で中立を宣言したベネルクス三国はあっさりとドイツ軍に占領され、フランスとそれを支援するイギリスとの合同軍とドイツ軍が激突することになった。

当初、フランスは対ドイツ戦に絶対の自信を持っていた。マジノ線と呼ぶドイツ国境に築いた長大な要塞が、すべてを阻むと信じていた。

よって、来襲するのはマジノ線が切れている北のベネルクス三国経由となる。

そう考えたフランス軍は北側に主力を配置し、マジノ線の後方には点々と部隊を張りつかせていた。

そうしたフランス軍の戦略構想を百も承知のドイツ軍は奇襲をかけた。

マジノ線の南側にあり、装甲車両の通行は不可能と考えてフランス軍が放置していた森林地帯を、あえて装甲師団に突破させたのである。

虚を衝かれて混乱するフランス軍をよそに、ドイツ軍の動きは的確で素早かった。

戦車や装甲車に加えて、自動車に乗った歩兵が遅れることなく随伴し、奥地にあるフランス軍の司令部や物資集積所を急襲した。

戦力を分断され、統制を失い、補給も断たれたフランス軍は各個撃破され、フランスの防衛線は随所で寸断されて完全に崩壊した。

戦車単独で見れば、ドイツ軍よりもフランス軍のものは火力に優れ、防御も優秀だったが、高性能の無線機を広く行きわたらせていたドイツ軍は戦力の集中でそれを補い、フランス軍を圧倒した。

空軍の支援も効果的で、フランス軍が築いた堅固な陣地も空と陸の両面攻撃で次々と潰していった。

ドイツ軍の進撃速度はそれまでの常識をはるかに超えて速く、敵中に孤立したフランス軍部隊は雪崩《なだれ》をうって降伏しはじめた。

こうなると、もはや戦線の立てなおしは不可能であり、大勢は決したと言える。

その結果が、ここダンケルクにあった。

イギリスと並ぶ欧州の強国フランスは、わずか一カ月でドイツの軍門に降《くだ》った。

西欧の大部分を手にし、その後もバルカン半島や欧州内陸部に軍を進めて一大帝国を築きあげたドイツ第三帝国の成立は、欧州のみならず全世界に影響をおよぼした。

それは、アジアも例外ではなかった。

一九四〇年一〇月一日　東京

日本の今後を左右する重大な閣議だった。

近年、日本を取りまく世界情勢は大きく動いてきたが、特にこの一年のうねりは最大だった。

中国戦線の膠着《こうちゃく》とそれに伴う戦費の増大に国内経済は低迷し、長年の懸案事項となっている対米関係も改善の兆しが見えないどころか、ますます悪化の一途をたどっている。

さらに欧州でもドイツが周辺国に武力侵攻し、西欧、南欧を席巻した。

戦火は北欧やソ連、北アフリカへも飛び火し、戦争は第二次世界大戦の様相を呈していた。

どれも国家の存亡にかかわる重大事であったが、特に緊急性が高かったのは、やはり対米関係の悪化だった。

アメリカはすでに対日制裁を発動して道義的禁輸――政府が日本の行動を非難し、輸出企業に対日輸出を控えるよう要請することを始めていたが、それをエスカレートさせて日米通商航海条約の破棄を通告してきたのである。

この時点では、すでにそれは正式に実行され、日米間の貿易は無条約状態となっている。

貿易に関して最大の相手国であり、鉄鋼や石油などの戦略物資の多くをアメリカに頼っていた日本にとって、これは命綱を断たれたに等しかった。

日米通商航海条約では、互いに相手を最恵国として扱うことを定めており、なにかを禁輸する際にはほかの相手国に先がけて実施することはできないとされていた。

それが破棄されたことによって、アメリカ政府は対日輸出にフリーハンドで制限を加えることができるようになったのである。

まっさきに手をつけられたのが、鉄とガソリンだった。

鉄がなければ艦は造れなくなる。ガソリンがなければ、飛行機は飛べなくなる。多少の備蓄はあるにしても、いざ戦時となればあっという間に使いはたしてしまうことは明白だった。

それだけ日本の自給率は低く、また輸入に占めるアメリカの割合は高かった。

代替の検討は喫緊の課題だった。

そこにおあつらえむきの環境が、降ってわいたように整った。仏印と蘭印である。

宗主国のフランスとオランダを失った仏印と蘭印は政治的空白域として、日本の前に横腹を晒していた。

仏印は亜鉛や石炭、蘭印は石油と魅力的な地下資源を抱えていた。マレーやシンガポール、フィリピン、オーストラリアといった敵性地域を臨むうえでの地理的重要性も高かった。

よって、陸軍を中心に起死回生の策として、南進論が声高に叫ばれはじめていたのだ。

「陸軍としては南進こそが、この国難を解決する唯一、かつ有効な策と確信しております」

陸軍大臣東条英機大将は、わずかな躊躇《ちゅうちょ》も感じさせずに言いきった。これこそが陸軍の総意であるという東条の表情だった。

「仏印と蘭印を押さえることで、米国からの輸入が滞ったぶんを補う。そういうことだな」

「おっしゃるとおりです」

首相近衛文麿に東条は即答した。

トレードマークである丸い眼鏡の縁《ふち》が光り、厚いレンズの奥から野心さえうかがわせる双眸が覗いた。

「もちろん、すべての物資が仏印と蘭印で賄えるとは考えておりませんが、黙っていればじり貧になるのは目に見えております。早急に動かねば、我が国は干あがってしまいます」

「陸軍はこう言っているが、海軍はどうなのかね？　意見は」

「海軍といたしましては」

近衛に促されて口を開いたのは、海軍大臣及川古志郎大将だった。

及川は軍令部や連合艦隊司令部など海軍内からさまざまな注文をつけられて、この場に臨んでいた。及川の立場は正直苦しかった。

「海軍といたしましては、米国や英国をいたずらに刺激することは避けるべきと考えております」

「それは、南進に反対ということなのか。だとすれば、これからの物資確保はどうするつもりなのか。代案があるのであれば、ここで示していただきたい！」

「…………」

及川はもごもごとなにかを口にしたが、それは誰の耳にも届かなかった。威圧的な東条の態度に気おされた面も否定できなかった。

東条は紅潮した顔で及川を睨《にら》み、及川は目を伏せている。

「仮に今、米国からの輸入が完全に断たれたとして、我が国はどれだけ持ちこたえられるのだろうか。正直な話を聞きたい。石油に限った話でもいい」

「二年と持ちませんな。もちろん、戦時となればそれ以下です」

企画院総裁鈴木貞一の返答に、近衛は双眸を閉じて首を左右に振った。わかってはいたが、あらためて聞くと失望を禁じえない。

今さら考えるまでもないが、アメリカは日本にとって最大の貿易相手国である。

戦略物資が滞れば、国そのものが立ちゆかなくなる。軍事的に行きづまり、国民生活も窮乏を極めるだろう。

日本の命運は、アメリカのさじ加減ひとつにかかっているというのか。

対米関係改善をはかりたいのはやまやまだが、独自に打開策を持っておかねば危ない。

近衛の頭は、もはや陸軍に同調しかけていた。

「もう答えは見えているように思えるが」

「……………」

沈黙する及川に、再び東条の視線が突きささった。

「海軍は意思統一ができていないようですな。慎重な意見がある一方で、これはある高官から聞いた話ですが、南進論の目的や意味あいを理解し、賛成する同志も多いとか。

特に中堅クラスや実務部門の長などは、支援者が大勢を占めると聞きます」

「それは……」

うろたえる及川に、東条だけでなく近衛やほかの大臣たちも冷笑した。

出所は明らかだ。

海軍次官豊田貞次郎中将に違いない。

豊田は艦隊派の流れを汲《く》む軍拡、強硬論者であり、積極的な発言が目立ち、発信力に長けた男だった。

消極的で弱気な及川とは対照的で、豊田海相、及川次官とささやかれているくらいだった。

その豊田が攻勢論を展開し、血気盛んな若手将校を束ねているであろうことは、容易に想像できる。

「し、しかし、米英に都合のよい口実に使われる愚は避けるべきかと」

及川の精一杯の抵抗だった。

不戦、不拡大を一貫して主張する軍令部次長古賀峰一中将らの考えに、少なくとも及川個人は同意していた。

だが及川に内閣を、それどころか海軍さえも、説得してまとめる力はなかった。

「海軍大臣は事の本質をわかっておられぬ！」

東条は言下に一喝した。

額《ひたい》と眉間には怒りの皺《しわ》が寄り、禿《は》げあがった頭からは興奮して湯気がたちのぼるかのようだった。

「仏印への南下は物資や南方を臨む拠点確保という目的のほかに、必要不可欠な目的が付随している。おわかりですな」

東条はあらためて全員を見まわした。異論のある者はこの場から出ていけという視線だった。

「援蔣《えんしょう》ルートの遮断ですよ」

援蔣ルートとは、蔣介石率いる中国国民党軍への物資援助のルートを指す。

イギリスはビルマから中国内陸部へ、そしてアメリカは仏印から中国南部へ火砲などの兵器供与を行っている。

これが対中戦争を予想外に長びかせている原因であると、陸軍はその供給源を断つことに並々ならぬ意欲を持っていた。

「蔣介石さえ潰してしまえば、大陸の問題は片づきます。対中戦争を勝利で終えれば、米英とて強くは出てこられないでしょう」

「…………」

黙り込む及川に妥協案を示したのは、外務大臣松岡洋右《ようすけ》だった。

「どうでしょう。ここは一足飛びに蘭印までというのはともかく、まず仏印まで進んで様子を見ては。仏印に関しても軍事侵攻という形はさすがにまずいので、総督府に援蔣物資の通過と輸送の禁止を要求してみましょう。地下資源の買いつけも」

「監視団の受けいれは必須ということでお願いする」

東条に続いて近衛がまとめた。

「よしっ。それを日本政府の基本方針としよう。外相はただちに行動を」

「…………」

及川はなおなにかつぶやいていたが、気にとめるものは誰一人としていなかった。

一九四〇年一〇月四日　呉

海軍一等兵曹村松晶吾は軽巡洋艦『夕張』への異動を命ぜられ、慣れ親しんだ軽巡『由良』を離れた。

最上級下士官として、まがりなりにも部下を動かし、初の実戦を経験した愛着のある艦を離れるのは寂しかったが、同時に新たな環境や新たな任務に対する期待や興味が湧いているのも事実だった。

なにより、『由良』と『夕張』では竣工こそ同じ一九二三年だが、長良型の汎用軽巡として建造された『由良』に対して、『夕張』は火力や速力は同等のまま、排水量を二分の一に抑えようと野心的に設計された艦である。

　設計概念は根本的にあらためられており、艦体は駆逐艦式に船首楼型とし、対弾防御の鋼鈑をそのまま構造材として使うなどの工夫が凝《こ》らされている。

　その結果、『夕張』は三〇〇〇トンに満たない艦体でありながら、一四センチ砲六門、八センチ高角砲一門、六一センチ魚雷発射管四門を搭載する特異な艦に仕上がった。

　日本軽巡として初の連装主砲塔をはじめとして、兵装はすべて中心線上に配され、左右両舷に最大の火力を発揮できる。

　そのため『夕張』の片舷攻撃力は『由良』と比べても、まったく遜色のないものだった。

　大正年間の古風な外観の『由良』に対して、艦容も斬新で新時代の到来を示しているかのようだった。

　逆S字型の艦首が海面を切り裂き、前後の煙路を曲げて一本にまとめた誘導煙突がうっすらと排煙をあげる。三本煙突で直線的な『由良』とは似ても似つかない姿である。

　瀬戸内海の柱島で乗りかえ、着任の挨拶をひととおりすませた村松を乗せて『夕張』は呉港へ向かっていた。

「ほう」

『夕張』の甲板を踏みしめながら、村松は感嘆の息を吐いた。

　今まで乗っていた『由良』と『夕張』では、艦種は同じ軽巡ながら中身はまったくの別物だった。

　居住区配置も見直され、従来後部にあった士官居住区を艦橋直下に移し、連絡を容易にしている。

　ワシントン海軍軍縮条約での排水量一万トン、主砲口径八インチ以下という制限下で、世界各国は最大限優秀な艦を造ろうと競った。

「条約型重巡」という言葉も生まれたが、『夕張』もまた最小の艦体と兵装で格上の火力を発揮しうる特別な軽巡だった。

機能を凝縮した結晶──『夕張』にはそんな表現が合っていた。

「おい。なんだありゃ」

「なにか見えるのか」

「見えるもなにも。あれだよ、あれ」

「どこ?」

「あれだ。空母の後ろ」

上甲板が騒がしかった。ちょうど海軍工廠の沖を横切ろうとしたときのことである。

「なんだ」

手空きだった村松も上甲板に出た。兵たちが指差す方向に目を向ける。

大きな箱型の建物が横並びに連なっており、その前に巨大なクレーンが見えた。

船渠だ。

「あれは……たしか『鳳翔』」

まず目に飛び込んできたのは、小型の空母だった。

艦上に砲塔らしきものはまったくなく、代わりに板を載せたような艦容は空母に違いないが、この艦は細長い島型艦橋とその後ろに直立した三本の煙突を持つことが特徴だった。

初めから空母として設計されて誕生した、世界初の空母『鳳翔』である。

「ぬっ!」

ただならぬ気配を感じて、村松は目を凝らした。なにかいる。

たしかに『鳳翔』の後ろには、なにかがあった。はっきりとは見えないが、強烈な存在感とそれが発するオーラが、自分の心を叩いたような気がした。

「おう。ちょっとすまんな」

見張用の望遠鏡についた瞬間、村松は愕然《がくぜん》とした。

「でかい!」

とてつもない艦体の大きさがうかがえた。

艤装中らしく、艦上構造物はまだまばらで艦容も定まらなかったが、前に停泊する『鳳翔』から艦体が大きくはみ出している。

それで艦体がどれだけ大きいかわかるというものだ。どうやら『鳳翔』は、その艦を隠すために置かれているらしい。

もちろん、村松ら『夕張』の乗組員は、まったく知らないものである。極秘裏に建造されている新型艦に違いない。

「!」

そこで、村松は息を呑んだ。一瞬、心臓が止まった。そんな気がするほどの衝撃だった。

『夕張』の航進で見える角度が変わり、主砲塔らしき構造物が視野に飛び込んできたのである。

あまりにも大きい。

艦体そのものが大きいのに加えて、主砲塔は一見してその三分の一を占めるくらいにすら見える。

そこから突きでた砲身の迫力が、また桁違いだ。ちょうど一本が大きく天を仰いだ状態にあるが、太く長いそれは、そのまま振りおろせば敵艦を一刀両断しそうにさえ見えた。

「お前たち! そこでなにをしておるか!」

ふいに怒鳴り声が背中を圧迫した。叩くというよりも、頭のなかをかきむしるような怒声だった。声質も金切り声が混じった不快なものだ。

「遊んでいる暇があったら、体力づくりでもせんか!」

(准士官か)

声の主たる男の階級章が見えた。兵や下士官の丸い形状ではなく、佐官や将官と同じ長方形のものを襟《えり》につけている。

台地にのった金線は細く、錨がひとつついているのは准士官たる兵曹長の証だった。

さらに悪いことに、「横鉄砲」と呼ばれる桜の下に一本の大砲を寝かせた、砲術学校普通科卒業を示す徽章を左腕につけている。村松と同じ砲術科の所属ということだ。

未知の艦にざわついて集まった人だかりは、蜘蛛の子を散らすようになくなっていく。

「甲板士官でもないくせに」

どこからか、ささやく声が聞こえた。

甲板士官というのは、艦内風紀を取り締まる士官のことである。通常は副長付きの若い中尉や少尉が任命される。

どうやら声の主は、その任にないにもかかわらず、それを気取っているらしい。いつもではないはずだが、ズボンの裾をまくりあげて裸足で歩く姿も甲板士官を真似てのことである。

「中林潔兵曹長ですよ。一曹も気をつけたほうがいいです」

多少場数を踏んだらしい兵が、村松に耳打ちした。

「以前から、あまりいい話は聞きませんがね。准士官になったら、特に酷《ひど》くなりましてね」

(階級に躍らされた。あるいは狂わされたのか)

たしかに下士官と准士官の間には、高い壁があるように村松も感じていた。恐らく、軍もそうした位置づけをしているように思われる。

階級章の形状も違ってくるし、士官らしい金線も入る。高揚しやすい者であれば、すぐに舞いあがってしまうのもうなずける。

「姑息で狡猾、執念深い。上には頭が床につくほど低く振る舞い、同僚や下の者たちには高圧的な態度で接するという典型的なごますり人間ですわ。それで多少出世が早いので、いい気になっている。嫌な奴ですよ。一曹も関わらないのが一番。

へんにからまれたら、あることないこと上に吹きこまれて、損しかねません」

「わかった。ありがとう」

（評判の悪い男、中林潔か）

着任早々に嫌な話を聞かされたが、どんな艦でも嫌な男や気の合わない男はいるものだと、村松は諦めぎみに理解した。

『夕張』の乗員定数は三二八人。それだけの数の男が集まれば、ろくでもない奴が何人か混じっていても不思議ではない。

問題は、そこで自分がどうたちまわって、どうかわしていけるかだと村松は考えた。

『夕張』の先で、新型戦艦の艤装は進められていた。そして、同様のことがまた長崎でも急がれていたのである。

一九四〇年一二月三日　長崎

金属的な摩擦音と打音、そして男の汗が、その場からほとばしっていた。

「挨拶はいい。進めてくれ」

艤装員長、つまり建造中の艦が竣工したあかつきに、艦長就任が予定されている有馬馨海軍大佐は、連日、進捗状況の確認と工廠関係者との打ち合わせに追われていた。

工期の繰りあげは、これで何度めだろうか。

昼夜兼行で働いている工員たちを目の当たりにしている有馬からすると、中央の注文は厳しすぎるように思えるが、それだけ対外情勢が逼迫してきている裏返しでもあると、有馬は理解していた。

（いざ開戦となれば、本艦は我が軍になくてはならん艦《ふね》だからな。この『武蔵』は）

有馬は指揮を執る予定の艦名を胸中で口にした。『陸奥』以来、約二〇年ぶりに起工された日本海軍期待の新型戦艦の二番艦——それが『武蔵』である。

『武蔵』は進水した先月にこの名を与えられ、呉で建造されている一番艦は『大和』の名が与えられていると聞く。さらに、同型艦は四番艦までが建造される予定である。

有馬は最上甲板にのぼり、艦橋付近から艦首方向へ視線を伸ばした。天候が天候ならば、霞んで見えなくなるほどの距離である。

また、それ以上に圧巻なのが幅の広さである。

陸軍の戦車を一〇台分まとめたかのような巨大な主砲塔を据えて、なおかつ左右に砲塔一基ぶんくらいの余裕がある。

これまで日本海軍の象徴とされ、連合艦隊旗艦を交互に務めてきた『長門』『陸奥』の二戦艦とも比較にならない規模だ。

こんな艦が実際に洋上に出て本気で戦えば、沈められない敵艦など本当にないのではないかと思える威容だった。

ただ、気になることがないわけではない。

有馬は就任したばかりの連合艦隊司令長官山本五十六大将が視察の際に残していった言葉を思いだした。

「立派な艦だが、今度の戦《いくさ》にこの艦の出番はないかもしれんぜ。これからの海戦は、これまでと違ったものになる」

山本長官の言いたいことはわかる。これからは飛行機の時代だと言いたいのだ。

長官は空母『赤城』の艦長や航空本部長など、航空の要職を歴任した航空主兵主義者と聞いている。大艦巨砲主義の権化のような本艦には、さして興味がないのかもしれない。

連合艦隊の長官ともあろう方が、そんな片寄った考えでいいのかと反発心も覚えるが、海軍の総意がそうでないことは、この建造が進められていることからも明らかだ。

自分の役割は、一刻も早くこの艦を完全な形で戦力化することだと、有馬は思いなおした。

「艤装員長、お客様が到着されました」

「わかった。すぐ行く」

来客というのは、呉工廠から招いた西島亮二造船中佐である。

工数削減で『大和』の工期短縮に大きく貢献したと耳にし、有馬が直々に呼び寄せた。

『大和』『武蔵』に限らず、実質的な戦時補充計画である第三次海軍補充計画、別称③計画の艦はいずれも例外なく艤装を急がれていた。

欧州で戦火が拡大し、それがアジアへも飛び火しかねないなか、日本海軍もまた準戦時体制へと移行していたのである。

一九四一年六月一〇日　木更津沖

すれ違う艦は公試運転中の空母『翔鶴』だった。

連合艦隊司令部の面々は、旗艦『長門』の艦上から感嘆の息を吐いて、それを見送った。

「さすが我が軍の新鋭空母だ」

「ああ。これらが戦力化されれば、米英とて容易には手を出せまい」

菊の紋章を戴いた艦首から、ほどよい高さに置かれた飛行甲板、両舷にきれいに配された高角砲と機銃、起倒式の無線檣らからなる艦容は、非常にバランスのとれたものだった。

「長いな」

「ああ。我が軍一かな」

クリッパー形の艦首から飛行甲板の後端まで、非常に長い印象を与えたのも、まとまった艦容と無縁ではない。

実際には『赤城』より若干短い二六〇メートル弱の全長だが、乾舷が低い『翔鶴』はそれだけ細長い箱のように見えた。

右舷中央からやや前寄りに設けられた島型艦橋と、その後ろに下向きに湾曲して取りつけられた煙突は、これまで得てきた空母運用のノウハウを反映させた、日本空母独特のものである。

「速いな」

『翔鶴』は艦首から大きな白波を立てていた。多量の飛沫が後方に霧となって散り、艦の中央あたりが霞んでいる。

間違いなく、三〇ノットは下らないだろう。

この『翔鶴』と二番艦『瑞鶴』は、大和型戦艦とともに③計画で建造された、これからの日本海軍の中核となるべき艦だった。

しかし、高揚する若い参謀たちとは違って、司令長官山本五十六大将の表情は険しいまま崩れることはなかった。

山本は国の行く末を憂えていたのである。山本がもっとも憂慮していた対米関係は、改善の兆しが見えないどころか、もはや修復不可能という危険水域にまで達してしまった。

直接的なきっかけは、前年九月の仏印進駐である。

日本はあくまで現地総督府の承認を得ての、敵対勢力の監視や治安維持を目的とした最小限の部隊駐留と主張したが、アメリカはあっさりとそれを詭弁《きべん》だと一蹴した。

フランス本国がドイツの占領下にあるなか、総督府が持つ力や権限は著しく弱体化し、日本の要求を拒絶することなど、事実上不可能だ。

これはフランスの弱みにつけこんだ卑劣な侵略行動にほかならないと、アメリカは日本を痛烈に断罪したのである。

外相松岡洋右の「とりあえず仏印まで進んで様子を見る」という判断は、あまりに稚拙で楽観的にすぎ、アメリカはついに対日石油輸出の全面禁止という最終カードを切ってきた。

日本は石油消費の五割以上をアメリカに依存しており、これは命綱を切られたにも等しかった。

日本はこうした非常事態を想定して国内備蓄を進めていたが、年単位で賄えるようなものではない。

繰りかえしになるが、石油がなければ船も飛行機も動かなくなるのだ。

政府は代替石油を確保すべく奔走し、再度アメリカに交渉を呼びかけているものの、見とおしはまるで立っていない。

日本は追いつめられていた。国民生活はすでにこれまでの経済制裁で窮乏しつつある。

「こうなれば、もはや対米開戦やむなし」「まだ石油があるうちに開戦すべきだ」「ここで動かなければ、なんのための軍隊か」と、海軍内でも日増しに強硬論が高まってきていた。

（長官……）

作戦参謀三和義勇中佐は、山本の背に矛盾と苦悩を見ていた。

これ以上ない矛盾である。

一〇年以上も前の軍縮会議のころから対米関係の重要性を説き、一貫して対米避戦を唱えてきた山本長官が、今は自ら実働部隊を率いてアメリカ打倒を果たさんという立場にいるのだから。

ここは政治の話は棚上げして、純粋な戦略論、戦術論でいくべきだ。

「楽しみですな」

三和は山本に歩み寄った。

「『翔鶴』『瑞鶴』もそうですが、あれらがどんな働きをするか」

『長門』の艦上を艦載機の大群が通過していく。爆音を轟かせながら、観閲式さながらの見事な編隊を組んで飛んでいく。

「正面に『加賀』、右舷に『飛龍』です」

前方のその母艦が見えはじめた。

『加賀』に『飛龍』、そして『蒼龍』『赤城』と、日本海軍が誇る空母が次々と姿を現した。

「長官の肝いりですから」

この一月の編成替えで誕生した、空母を集中配置した世界初の艦隊——第一航空艦隊だった。

航空、特に空母と組みあわせた艦載機の機動性と作戦の柔軟性、攻撃と防御の潜在能力にいち早く着目した日本海軍は、その運用についての研究に力を注いできた。

その結果として行きついたのは、艦載機の集中と大量投射こそがその力を最大限に発揮しうるという結論だった。

日本海軍内にも、戦艦の巨砲をもって敵艦隊と雌雄を決することが制海権の獲得、ひいては国防を左右する根幹であると考える大艦巨砲主義者が根強く存在した。

山本はそれらとのバランスをとったうえで、一航艦を誕生させた。極端な話、大和型戦艦をそちらに預ける代わりに、空母をそっくりいただいたということだ。

上空を編隊飛行する艦載機とは別に、母艦上では発着艦訓練も入念に行われている。

近代化改装で三段式の飛行甲板から一段の全通甲板にあらためた『加賀』に、世界初の全金属製艦上攻撃機である九七艦攻が滑り込んでいけば、左舷に島型艦橋を持つ『飛龍』から、固定脚の九九式艦上爆撃機が飛びあがっていく。

発着艦の頻度は危うさを覚えるほど高い。事故も少なくないらしい。それだけ訓練が激しく厳しい証拠である。

一航艦は『赤城』『加賀』『飛龍』『蒼龍』の現状四隻に『翔鶴』『瑞鶴』が加わって計六隻、艦載機の総数は五〇〇機に迫る。

理想とする新世代の艦隊はできあがった。

問題は、それをどう使うかだ。

一九四一年八月二日　東京・霞が関

場はどよめいていた。

敵戦艦を示す駒が、再び倒された。つまり、攻撃成功、撃沈の判定である。

軍令部と連合艦隊司令部の主だった者たちが、真剣な眼差しで兵棋板を見つめている。

もはや現実課題である対米開戦を見据えた兵棋演習だった。

「これは手心を加えたものではありません。あくまで客観的予測に基づくものです」

連合艦隊司令部首席参謀黒島亀人大佐が、してやったりとばかりに口元を緩めた。

対照的に困惑した表情を見せているのが、軍令部の面々である。特に作戦を管轄する第一部長福留繁少将などは、左右の眉毛をVの字にして硬直している。

自分の主張とはかけ離れた結果に、落胆というよりも怒りにも似た感情が胸中を駆けめぐっているのであろう。

しかし、演習が進むにつれて状況は一変した。

慌ただしく敵味方が動きだし、今度は日本側の空母を示す駒が倒された。再びサイコロがふられる。硬い音が耳を打つ。

一喜一憂する一同の眼差しが注がれるなかで、出た目によって判定が告げられる。

日本側の空母は一隻、また一隻と失われた。

「終わったな。これでは作戦がなりたたんだろう」

軍令部総長永野修身大将が、司令長官山本五十六大将や連合艦隊司令部の参謀たちを見まわした。

海兵二八期の永野は山本の四期上にあたり、連合艦隊司令長官と海軍大臣の経験もあり、キャリアも上まわる。

また、海軍の組織上も軍令部は連合艦隊司令部の上位組織に位置づけられており、海軍省も含めて永野は実質的に日本海軍の最上位者として君臨していた。

「宣戦布告と同時に一航艦の全力を投入して真珠湾を空襲する。たしかに一攫千金を狙った思いきった作戦案ではあるが、やはりこれだけの危険性があると証明されたわけだな」

今回の兵棋演習は、対米宣戦布告直後を意識したものだった。

従来の日本海軍の基本戦略は、ハワイの真珠湾を出て太平洋を西進してくるアメリカ太平洋艦隊に対して、潜水艦と航空機による反復攻撃を繰りかえし、戦力を漸減《ぜんげん》させたところで主力艦隊をぶつけて決戦を挑むという、漸減邀撃《ようげき》作戦だった。

しかし、圧倒的に戦力が上のアメリカ太平洋艦隊に対して、こうした正攻法による戦い方では勝算が乏しいとみた山本は、艦載機による真珠湾奇襲という奇策を考えだしたのである。

直属の部下である黒島や第一一航空艦隊司令部参謀長大西瀧治郎少将、第一航空艦隊司令部航空甲参謀源田実中佐らの手で具現化された作戦案は、この四月に軍令部へ上申された。

永野以下軍令部の反応は、否定的というよりも拒絶そのものだった。端的に言えば、投機的にすぎるという判断だった。

実績に乏しい艦載機で、本当に敵の主力を一網打尽にできるのか？　空母六隻に護衛艦艇を入れて、最低でも数十隻にのぼる艦隊を、果たして遠くハワイまで敵の目に触れず、移動させることができるのか？

戦術的にも疑問が残されていた。

真珠湾のような水深一〇メートルそこその浅海面で雷撃など不可能ではないのか？　かといって、爆撃だけで装甲の厚い敵戦艦を沈めることなど、とうていできまい等々。

その軍令部の懸念を払拭するように、連合艦隊司令部は浅深度魚雷を開発して雷撃を可能とし、北太平洋を大きく迂回する北方航路でハワイへの隠密接近が可能という裏づけを提出して、今回の兵棋演習にこぎつけた。

また、前年一一月にイギリスの艦載機がイタリアのタラント軍港を空襲してイタリア戦艦三隻を大破、着底させた先例を引きあいに出して、複葉、低速で旧式のイギリス軍機にできたことが、我が新鋭艦爆、艦攻にできないはずがないという真っ向からの反論も信憑性を増すものと思われた。

しかし、結果は惨憺《さんたん》たるものだった。

たしかに、一航艦は敵に発見されることなく、思惑どおりにハワイ近海に達することができた。だが、満を持して発艦した攻撃隊が真珠湾に殺到する前に、それらは防空網に捕捉されて空襲は強襲となった。

それでも攻撃隊は奮闘して敵戦艦四隻を撃沈するも、損害は甚大だった。

さらに、オアフ島の北側に潜んでいた一航艦は敵の潜水艦、航空機、そして水上艦隊の波状攻撃を受けて空母四隻を撃沈され、這々《ほうほう》の体《てい》でハワイ近海から離脱した。

それが、今回の判定結果だった。

これではとても勝利とは言えない。作戦は失敗したとさえ言える。

「たしかに、艦載機の空襲で戦艦を沈めることができるというのは画期的な戦果かもしれん。が、多くの母艦と艦載機の大半を失うという代償は、とうてい容認できるものではありますまい」

息を吹きかえした福留はせせら笑った。

「まったくだ」

永野も嘲笑して続く。

「これでは、あえて無理して実行する価値がある作戦とは思えんな」

「待ってください。艦隊が必ず敵に捕捉されるとは限りません」

黒島は、なお食いさがった。

「それに空襲が完全な奇襲となりさえすれば」

「見苦しいぞ、首席参謀！」

福留が一喝した。

都合のよい仮定だけを並べれば、結果がよくなるのは当たり前だ。それでは兵棋演習などなんの意味もなくなる。

「長官……」

不安と落胆の入り混じった表情で、三和は山本へ顔を向けた。

ほかの参謀たちの視線も山本に集まる。唇を噛《か》む者や落ちつきなく手の指を動かす者もいる。

兵棋演習は、結果的に連合艦隊司令部の完敗である。福留も永野も、ほかの軍令部の面々も、勝ち誇ったような顔つきで山本の反応を待った。

場が沈黙する。

一秒、二秒と緊迫した空気が流れた。

「長官……」

「あいわかった」

山本は、はっきりした口調で言った。

「艦載機を集中投入した敵母港空襲は、一定の戦果が見込める」

福留は目をしばたたいた。

（まさか、まだ反論の材料をなにか持っているというのか。我々の知らない隠し玉があるとでも）

山本は続けた。

「が、反面、手痛い反撃を受ける可能性も高い。よって、一航艦による真珠湾奇襲作戦は成立しない。本職もそれを理解しました」

福留は内心で大きく安堵の息を吐いた。

まだまだ別の主張が飛びだすかとひやひやしたが、山本は潔く結果を受けいれたのだ。

こうして兵棋演習はお開きとなった。

艦載機の大量投入による真珠湾奇襲という前代未聞の作戦は、実行されることなく構想だけに終わったのである。


しかし、山本は最後に釘を刺すことを忘れなかった。

「今回の真珠湾奇襲作戦案が廃案だとしても、従来の漸減邀撃作戦案も勝算の見とおしが立っていないことをお忘れなく」

その瞬間、永野や福留の目がぴくりと吊りあがった。

第3章　ハル・ノート

一九四一年一一月二七日　ホワイトハウス

大統領執務室には冷笑が漏れていた。

在室しているのは、アメリカ合衆国第三二代大統領フランクリン・ルーズベルトと国務長官コーデル・ハルの二人である。

「最後通牒を手渡した、か。どうだ、ノムラの反応は」

「はい。だいぶ慌てた様子でしたが、今ごろは本国に電報を打って対応を待つぐらいしかできないでしょう」

淡々としたハルの様子だったが、相手の慌てぶりは目に浮かぶようだった。ルーズベルトは笑いをこらえきれなかった。

この日、ハルは在米日本大使野村吉三郎を呼び、後にハル・ノートと呼ばれる一四ケ条にのぼる宣言と協定案を突きつけた。

その内容は、一切の国家領土と主権の不可侵と他国への内政干渉の不関与といった原則的なものから、日本に対する中国と仏印からの全面撤兵、日本が支援する中国の汪兆銘政権を非合法とするなど、日本がとうてい受け入れがたい内容になっていた。

日本の大陸進出を発端とする日米関係の悪化と緊張は、最終局面に入ったと言ってよかった。

日本の伸長を望まないアメリカは、ハル・ノートをもって大陸からの全面撤退と事実上の緊縮、縮小政策、すなわち日露戦争以前の劣等国家への格下げを要求したのである。

「東洋の島国も、いよいよジ・エンドか。二流国家のまま細々と生きておればよかったものを、我々と肩を並べようと背伸びしすぎるから、こういうことになる。身のほど知らずも度がすぎる」

「よくここまで粘ったと言うべきではありませんか。マンシュウなどという傀儡《かいらい》を立ちあげてからでも、もう一〇年になります」

「我々合衆国が寛容だっただけかもしれんな」

ルーズベルトはうそぶいた。

一挙に崩れてもおかしくない対日関係を、アメリカはここまで慎重に対応してきた。正確に言えば対応せざるをえなかったのは、民主国家というアメリカの基本的な国家形態抜きには語れない。

アメリカの最高指導者は大統領であり、大統領には強大な権限が与えられているものの、国家としての重要施策の遂行には、全米各地から選ばれた議員で構成された議会の承認がいる。

議員はそれぞれの地域や特定の民間企業、団体などに支援されているため、当然それらに恩恵をもたらすように動かねばならない。

そのため国家としてのベストの選択が、必ずしも各議員にとってのベストとは限らないのである。

つまり、国内不一致が生じてくる。

だから、ルーズベルト個人が対日強硬策を打ちだそうにも、これまでは議会という壁が必ずその前に立ちふさがってきた。

それがようやく崩れた。

欧州情勢も関係して、アメリカにも挙国一致の体制が整ってきたのである。

「これで奴らは宣戦布告してくる。我々は全力でそれを叩きのめし、保護という名目で奴らが持つ権益をかすめとる。合衆国の本格的なアジア進出の始まりというわけだ。

まさか『もはやこれまで』と奴らが白旗を掲げてくることはないだろうな。そうなると、また計算が狂う」

「それはありますまい」

ハルはあっさりと即答した。

「『もはやこれまで』となるなら、それはひざまずくのではなく、斬りかかってくるほうです。

日本人の精神性から考えても、命を捨ててでも立ちむかうという蛮勇な行動はあっても、名誉を捨てて実利を取るという延命策的な行動は考えられません。

要求をのめば正常な貿易再開を約束するとうたっておいても、あれはそうならないという前提に基づくものです。ご安心ください」

「そうだな」

ルーズベルトは「念のため、確かめてみただけだ」と微笑した。

「あとは奴らが飛びかかってきたとき、すぐに致命傷を与えて撃退できるよう、軍に指示を出しておくことだな」

一九四一年一一月二九日　東京・霞が関

日本にとってハル・ノートは、もはや対米交渉の余地がないことを思い知らされるものだった。

対応をめぐる議論は当然、喧々諤々《けんけんがくがく》のものとなる。

「昨日の閣議では結論に至らず、それぞれが持ちかえって協議のうえ、再度意見を突きあわせることになりました」

「当然だな」

海軍大臣嶋田繁太郎大将の報告に、軍令部総長永野修身大将はつぶやいた。

嶋田は永野の四期下にあたる海兵三二期で、人脈的にも永野に近い関係にある。組織上は上下関係にないものの、現実的に永野は嶋田の上役として振るまっていた。

永野がすぐ横に座る軍令部第一部長福留繁少将に視線を流すと、福留もしっかりとうなずいた。

この場にいるのは、海軍省と軍令部、そして連合艦隊司令部の長と主だった幕僚たちである。

議題は言うまでもなく、ハル・ノートに対する海軍の対応である。

総意をまとめるため、瀬戸内海にいた連合艦隊司令部も急遽《きゅうきょ》空路で上京して、この場に加わっている。

表情はさまざまだ。

覚悟を決めたと唇を真一文字に引き結んだ者がいるかと思えば、不安げに視線をふらつかせる者もいる。

「次の閣議はいつだ？」

「明日、御前会議で行われます」

「明日か。そうなると、是が非でもこの場で海軍の態度を決めねばならんということだな」

永野は顎《あご》をつまんで左右に視線を振った。ほかの者たちの様子を探る。

まだ口を開く者はいない。それぞれ相手の出方をうかがっているらしい。

「ほかの様子は？」

永野の問いに嶋田が答える。

「それぞれ協議のうえとはなったものの、あらかた見えています。外務省は打つ手なしといったところです。そもそもここまで外交交渉を続けてきて、こうした結果になっているわけですから。松岡外相は辞職の意向すら示しています」

「陸軍は？」

「もはや対米開戦は不可避とみて、出師《すいし》準備にかかるべしという意見が大勢のようです」

「そんな無責任なことがあるか！」

そこで突如、怒声が飛んだ。

「いざ対米戦となれば、戦うのは我々海軍だ。陸軍ができることなど、たかが知れている」

連合艦隊司令長官山本五十六大将だった。

「対米戦の是非は我々海軍が下すべきだ。そうでしょう」

「たしかにな」

永野や嶋田をはじめ多くの者が同意した。その点は一致している。ただ、事はそう簡単ではない。

「しかし、舐《な》められたものですな」

福留がハル・ノートの写しを掲げた。左手でつかみ、右の指で軽く小突く。

「大陸からの全面撤兵と蔣介石政権の承認、さらに……」

「馬鹿にしているな」

永野も不愉快そうにつぶやく。

「こんなものは要求でもなんでもない。脅迫だ！」

「そうだ」

「こんな不当な要求など、拒絶して当然だ！」

「そのとおりだ」

「外務省はなにをしていたんだ。こんなものは、その場で叩きかえせばよかっただろうに」

「静粛に！」

場が過熱しかけたところで、海軍次官沢本頼雄中将が待ったをかけた。

「脅迫でもなんでも、これを拒否すれば米国との戦争は避けられない。そして、いざ米国との戦争となれば、矢面に立つのは我々海軍となる。いいですね」

沢本は永野から福留、山本らへ視線を流した。

認識の一致を確認する。

「では、対米戦の見とおしをうかがいましょう」

「見とおし云々ではなく、ここまで来たら、やるしかなかろう」

福留が口火を切り、永野が無言でうなずいた。

「こんな脅迫に屈したら末代までの恥だ」

「国として毅然と対応し、堂々と戦うまでだ」

「日本は神国だ。負けるはずがない。そうだろう。我々の力を見せつけてやろうじゃないか」

「おう。そうだ！」

軍令部を中心に場はいっきに主戦論に傾いた。

永野がとどめとばかりに問う。

「政府も、まさか先人たちが血を流して手に入れた権益をみすみす手放すことはあるまい。となれば、海軍省も同じだろう？」

「あくまで私見ですが」

嶋田は前置きして答えた。

「米国の出してきた条件をそのまま受け入れるのは難しいかと」

「そうだろう。ここまできたら仕方……」

「連合艦隊司令部は！」

とりまとめに入ろうとする永野をとめに入ったのは、やはり山本だった。

「実戦部隊を預かる連合艦隊司令部としては対米戦勝利の見とおしなど、まったくたっておらん！無責任な発言は、米国という国を知らないからできることだ」

場が一瞬にして静まりかえった。高まった熱気がいっきに凍りついた。

山本は在米大使館付き武官としての駐米経験などから、アメリカの底知れぬ力を知っていた。

テキサスの大油田や見渡す限りの小麦畑、近代的な自動車工場の数々……いずれも日本ではありえないものである。

海軍全体が開戦に向けて走ろうとするなかで、山本は冷静に彼我《ひが》の戦力差と国力差とを勘案し、きっぱりと言いきった。

「連合艦隊司令部は対米戦にまったく責任を持てない。必ず負ける」

「従来の基本構想であった漸減邀撃作戦では、米太平洋艦隊相手に一方的な勝利を手にするのが難しいのは明らかであります」

連合艦隊司令部首席参謀、黒島亀人大佐が後を続けた。

「対米戦に勝利するには、局地的な海戦に勝利するるだけでなく、大勝を続けていくか、あるいは一度に決定的な打撃を敵に与える必要があります。

そこで、我々は空母艦載機による真珠湾空襲という奇策を検討いたしましたが、これも過日の兵棋演習で否定され、それに代わる妙案はまだ得られておりません」

場の空気が重くなった。一時は勢いにまかせて血気盛んに口走っていた者たちも、一様に黙り込んで苦渋の表情に変わっている。

「かといって、戦わずに負けるわけにもいきますまい」

そこで反論してきたのは、福留の直属の部下にあたる軍令部第一課長富岡定俊大佐だった。

「これは明治の三国干渉にも優る屈辱ですよ。そんなことをまた国民に強いてどうします。

軍はなにをしている。軍は無能者と小心者の集まりだったのかと、罵《ののし》られるのがおちです」

三国干渉とは、日清戦争に勝利して獲得したはずの遼東半島を独仏露三国によって返還させられた歴史的事件を指す。

軍事力を背景とした明確な脅しであり、さらに日本国民を沸騰させたのは、日本に返還を迫っておきながら、ロシアがその直後、清領に軍を進めたことだった。

日本人にとっては忘れられない屈辱であり、それ以来、日本は欧米列強に追いつけ追いこせと、日夜血と汗を流しながら富国強兵に邁進してきたのである。

「では、伺います。軍令部はどのようにして、対米戦に勝利するおつもりですか。秘策があるのであれば、教えていただきたい」

「………」

連合艦隊司令部作戦参謀三和義勇中佐の問いに、富岡は言葉に詰まった。富岡の視線を受けた福留も、ぐうの音も出ない。

「不戦敗だろうと、屈辱だろうと、実際に戦って負けるよりはましではないかね」

「無能者だ、小心者だと罵られようと、開戦して多くの国民を死なせれば、それ以上に叩かれることになります。我々海軍の威信は、それこそ地に墜ちてしまうでしょう」

山本に三和が続いた。山本が駄目を押す。

「そもそも大陸に行って、それが我が国になにか恩恵をもたらしているのかね」

「それは……」

言いにくいことだが、事実だった。

日本は国家の拡大と繁栄を目指して大陸に進出した。大陸に夢を求め、大陸が富をもたらすと信じてやってきた。

しかし、現実は違った。

大陸は貪欲に投資を飲み込むだけで、その見返りははるかに少なかった。

それだけでなく、血をすすり、いらぬ戦乱に日本を巻き込むだけだった。

山本はそれを認めよと迫ったのである。

「これは屈服ではない。独立と尊厳を守り、日本という国の新たな歴史を築くための試練なのですよ」

「しかし……」

福留も富岡も、なお承服しがたい様子を隠さなかった。軍人として、そして海軍の要職に就く者としてのプライドもある。

そんな二人の様子だった。

「戦《いくさ》はやってみなければわからん。敗北主義者は悪い方向にばかりものを考えがちだ」

「この際、勝敗は問題ではない。全力でぶつかる。それだけだ」

「死中に活を求めるという言葉もあるではないか。信じて行えば道は開ける。そう思わんか」

「なにを言うか。そんな精神論で勝てるほど、近代戦争は甘くない」

「海軍のメンツのために、貴方がたは国を滅ぼすおつもりなのか！」

議論はなお続けられたが、結局、結論までたどりつくことはできなかった。

海軍としての意見は「海軍大臣に一任する」というのが、精一杯の落としどころだったのである。

一九四一年一一月三〇日　東京・霞が関

連合艦隊司令長官山本五十六大将は、閣議を前に海軍大臣室を訪ねた。

海軍大臣嶋田繁太郎大将は軍政畑の山本と違って、どちらかというと軍令系統の歩みが強い。考え方も違うが、海兵同期として同じ釜の飯を食った仲であり、けっして話しにくい相手ではない。

山本としては閣議に臨む嶋田に、最後に一言でも二言でも言っておきたかった。

嶋田は軍令部総長永野修身大将ら強硬派に近い位置におり、開戦か避戦かと問われれば開戦を主張する可能性が高い。

しかし、山本は嶋田の様子にわずかな変化を見ていた。

「なんだ。言いたいことは、昨日すべて言ったのではないのか」

「いや、まだだ。この一大事だ。まだまだ言いたいことは山ほどある。ただ、聞く耳持たんということなら、追いかえすがいいさ」

「そう喧嘩ごしになるなよ」

嶋田は微笑した。

「仮にも同期であり、連合艦隊司令長官ともあろう者を門前払いするなど、できるはずがあるまい」

「では、聞こう」

山本は単刀直入に切りだした。

「どう答えるつもりだ。米国の要求を蹴って、開戦を主張するつもりか」

「さあな。なるようにしかならんよ」

嶋田ははぐらかした。

「ただ、筋はとおすつもりだ。海軍は腰抜けの集団だなどと言われたくないし、実際そんな組織でもないのでな」

「…………」

山本は嶋田の顔をじっと見つめた。嶋田も見つめかえす。睨みあうわけではないが、かといって柔和な表情にはほど遠い、男と男の真剣な眼差しの交錯だった。

胸の探りあいが続く。

数秒が過ぎ、一〇秒が経過した。

「嶋田よ」

先に静寂を破ったのは山本だった。

「貴様も負けるとわかっている戦を仕掛けるつもりはあるまい。それを正当化しようというのは、どんな理屈をつけても自己満足にすぎん。

精一杯やったと自分だけが納得しながら、まわりを巻き込み、亡国すら招きかねん」

「亡国か」

嶋田は小さく息を吐いた。

「軍令部の一部には、いまだに開戦すればなんとかなると考える者たちや、必ず勝てると息巻く愚か者もいるようだが。

嶋田よ、貴様も内心では対米戦勝利に疑問を持っているのではないのか」

山本は核心を衝いた。

「今さら米国と比較する数字を示す必要もなかろう。メンツや見栄のために国を巻き込むような、馬鹿な真似はよすべきだ。

精神論でいけると本当に思っているならば、嶋田よ、貴様が連合艦隊を率いていくがいい。俺は今すぐにでも職を譲る覚悟がある」

「そんなこと」

嶋田はなにか言いかけたが、すぐに言葉は出なかった。かまわず山本が続ける。

「交代しろとは言わん。海軍大臣の椅子を手放したくないなら兼務すればいい。もし、そうしたいならば、全力で後押ししようじゃないか。

実はわかっているのだろう？　勝てる見込みは乏しいと。貴様とて、陛下の赤子をただ無駄死にさせるわけにはいくまい」

嶋田は両腕を組んで押し黙った。目を伏せて、しばらく考え込む。

山本は視線を嶋田の目に置き、ぴくりとも動かさない。男と男の凝縮された思いがからみあい、弾きあった。見えないところで激しく飛沫が散り、強風が舞いあがった。

嶋田は視線を跳ねあげた。視線と視線が正面からぶつかり合う。火花が散り、稲妻がその場を裂く。そんな殺気じみた雰囲気だった。

再び、しばし時が流れる。

（なぜ、そうなる！　そんなことがわからんのか）

（貴様こそ、なんだ。そんな弱腰では、戦えるものも戦えぬぞ）

（都合の悪いことに目を背けて戦うのが勇気ではない。負けを認める。劣っていることも認める。そのほうが倍も三倍も勇気のいることだ。違うか）

意地と誇りの張りあいではない。互いの思いが激しく交錯し、きしむ胸中で主張が繰りかえされる。

「貴様の言いたいことはよくわかった」

今度は嶋田が止まりかける時計の針を先に進めた。

「よくわかったが、決めるのは俺だ。昨日の会議で、海軍の意思はこの俺に一任された」

嶋田はきっぱりと言いきった。言っているうちに背筋がすっと伸び、胸が張る。

言動と行動が人を大きくする。自信を増す。嶋田が自己革新した瞬間だった。

「閣議で堂々と主張してこようじゃないか。ぶれなく、揺るぎなく、な。

もちろん、それなりの重責がかかっていることは重々承知しているつもりだ。どんな結果を招こうとも、その責任はこの嶋田に帰することになる。それは理解している」

嶋田はそこで怪しげに微笑した。

「最悪の場合は煮るなり焼くなり、好きにすればいい。腹を切ってすむならそうするし、公衆の面前で公開処刑するというならば、それも甘んじて受けいれようじゃないか」

同日　東京

国運を決定づける御前会議は粛々と進められた。

「……このような経緯をたどりました結果、米国は我が国に対しまして、新たな要求を提示してきたものでございまして、その内容はいささか過大に思えるもので」

外相松岡洋右が経緯と現況を再確認した。

陛下の御前ということを抜きにしても、出席者の表情は一様に硬かった。場はいたって静粛なものの、それは状況がきわめて厳しく、議題が難しいものであることの裏返しだった。

季節は晩秋から初冬を迎えようとしている。気温は日に日に下がって厳しい季節に入ろうとしていたが、出席者の大半の額《ひたい》には汗が滲み、脇の下や背中は生ぬるく濡れていた。

緊張からくる冷や汗だった。

「外務省といたしましては、これまでもたびたび米国政府に申し入れを行うとともに、交渉を繰りかえしてまいりまして……硬直化した日米関係の」

「もう、おさらいはそのへんでいい」

だらだらと現状確認を繰りかえす松岡を、首相近衛文麿は苛立ちを募らせて制止した。

そこまで口を挟む者はいなかったが、それは前向きに活発な意見を出せなかったからである。松岡の煮えきらない態度は、出席者が抱えていたあらゆる負の感情を助長するものだった。

「問題は今どうするか、今後どうなるかだ。外務省にはなんらかの交渉の糸口でもあるのかね。一日置いて、なにか見つけられたかね。正直に言ってくれ」

「ありません」

松岡はあっさりと白旗を掲げた。それだけだった。外交での状況打開は望めない。松岡はここで完全に認めたのだ。

「了解した」

近衛は不機嫌そうに吐きすてた。聞くだけ無駄だった。近衛の眉間に寄った皺《しわ》は、そんな内心の言葉を表していた。

ほかの者たちも唖然としたり、驚いたりしている者はほとんどいない。予想の範疇《はんちゅう》でしかない松岡の返答であり、それは失望や落胆を色濃くするだけのものだった。

「もう議論するまでもありますまい。我が軍の取りうる手段は、もはやひとつしかないでしょう」

カーキ色の軍装に身を包んだ男が、まなじりを決して息巻いた。肩についた階級章は金ベタに星三つと左右に赤線という大将を示したものである。

陸軍大臣東条英機だった。

「我が軍でも持ちかえって陸軍省と参謀本部、そして帝都近辺に駐留する部隊の指揮官を呼んで意見交換いたしましたが、意見が割れることはありませんでした。

皆、異口同音に叫んでいます。『開戦すべきだ』『米英を叩かねば、我が国に明日はない』と」

近衛は大きく息を吸った。

これも予想された答えであったものの、あらためて耳にすると戦慄を禁じえない。ついに米英と戦おうと、軍が意思表示したのである。

個人的な意見ではない。陸下の御前という厳粛な場で、組織としての正式な主張である。

しかも、「開戦やむなし」ではなく「開戦すべきだ」という言葉は、陸軍の不退転の意思が込められたものと思われた。

東条は芝居がかった口調で、ときに拳《こぶし》もまじえて言葉を連ねた。

「我が国は明治以来、日清、日露の両戦役に勝利し、先の大戦にも戦勝国の一員としてその名を世界に轟《とどろ》かせるとともに、国をおおいに拡大してまいりました。その流れをここで断ちきるわけにはまいりません！」

そこで、東条はにやりと笑った。丸い眼鏡の奥に怪しい光が宿る。

「なあに。どこが来ようと、我が国が負けることなどありませんよ。元寇の例を見るまでもなく、我が国は歴史上、外国に負けたことなど一度もない！」

東条は唾を飛ばして続ける。

「米英を相手にしても鎧袖一触《がいしゅういっしょく》。我が国の勝利間違いなし。我々は確信しております。それは海軍もいっしょでしょう」

東条は海軍大臣嶋田繁太郎大将を一瞥《いちべつ》した。

「もともと軍令部の永野総長などは、米英討つべしと主張しておられたと聞いております。もはや迷うことはありません。

米英が向かってくるというならば、堂々とそれを受けて立って、跳ねかえすだけです。今こそ、陸海軍がともに立ちあがるときです！」

東条は自分に酔った。これ以上ない熱弁だと自己陶酔に浸る東条の顔は、うっすらと紅潮していた。

「首相……」

松岡が近衛に向けて、はっきりとうなずいた。もう腹をくくるしかないという松岡の表情だった。

「やむをえんか」

近衛は立ちあがった。近衛は軍の出身者ではない。国際問題は武力による解決ではなく、外交によって解決すべきだと考えてきたが、それは叶《かな》わなかったようだ。

理想は立派でも、肝心の力がなければ、それは実現することができない。

ここに至る状況判断力と軍を統制するだけの力と強固な意志が、近衛には欠けていた。

ところが……。

「海軍といたしましては」

嶋田が挙手した。次の瞬間、状況は一八〇度ひっくり返った。

「海軍は対米開戦を支持いたしません」

一瞬、時計の針が歩みを止めた。あまりに重大すぎる発言に、すぐにそれを受けとめられた者は皆無だった。

「！」

「！」

誰もが耳を疑った。

松岡は聞き間違いかと目をしばたたかせながら、首を小刻みに左右に振り、近衛は立ったまま硬直して動かなかった。

「な、なにを」

東条はひきつった顔でうめき、次いで憤怒《ふんぬ》の表情で嶋田に噛みついた。

「血迷ったか！」

怒声が室内に響く。松岡が露骨に顔をしかめ、近衛は状況を把握しなおそうと深呼吸を繰りかえした。

嶋田は怯《ひる》むことなく東条を睨みかえし、松岡や近衛に視線を流した。

「無論、やれと言われればやります。ただ、勝てるかと問われれば、否と答えざるをえません。それに」

嶋田は部下に書類を配らせた。

数字がびっしりと並んだそれは……。

「これは！」

目を剥《む》いたのは近衛だった。

そこには、日本本土と満州国ら大陸との収支を示す数字が羅列されていた。「極秘」の刻印が押され、大蔵省の記載もある。真贋は明らかだった。

細かく確認しなくても、おおよその内容はすぐにわかった。嶋田は大陸関係の財政赤字を暴露したのである。

大蔵大臣賀屋興宣《かやおきのり》は金縛りにあったように動か

ない。あまりの衝撃にまばたきひとつせず、ただ血の気がひいた表情が青ざめているのはわかった。

世間に公表されている数字は粉飾されていた。日本は大陸から恩恵をこうむるどころか、むしろ足をひっぱられていたのである。

もちろん、この事実を近衛が知らないはずはなかった。

今度は東条ではなく近衛が空想——いや偽装か——の宙《そら》から現実という地に叩きおとされる番だった。

松岡は近衛を、嶋田を、東条を交互に見て、右往左往するだけだ。

「大陸にこだわって米英と新たに戦争を起こす大義はありません。大陸から手を退けというのが米国の要求の主旨であり、それを受けいれるか、あるいは拒絶して戦争かと問われれば、採るべきは前者であります。首相」

嶋田の言葉がぐさりと刺さり、近衛は腰砕けのような格好で椅子に崩れおちた。手足の力は抜け、精気のない視線が宙にさまよった。

「ある男が言っておりました」

嶋田の脳裏に、海兵同期にあたる山本五十六の顔がよぎった。

「これは屈服ではない。独立と尊厳を守り、日本という国の新たな歴史を築くための試練なのだと」

さらに嶋田は決定的な追い討ちを口にした。

「大陸の運用に戸惑い、迷走し、先が見渡せなくなっている。これを機に、我が国は独立独歩の道を歩むべきです。

日本は他国に侵略しない。他国の侵略を許さない。それを国是として日本は変わらねばなりません。それをするのはいつか。今です」

嶋田は深々と頭を下げた。

嶋田は後年、このときの心境について多くを語らなかった。

嶋田が頭を下げた行為に関しては、対米戦勝利を約束できない海軍の代表としての謝罪や、御前で出すぎた真似をしてしまったという陛下へのおわび等々の見方もあったが、嶋田をよく知る山本は側近にこうつぶやいたという。

「嶋田なりの、自尊心と理想や責任などを天秤にかけた末のけじめなのだろう」と。

「し、しかしだ」

一変した空気のなかで東条は、なお粘った。

「米英との戦争に勝てば、また新たな道も開かれよう。領土を増大し、経済圏も」

「海軍ができないと言うのならば仕方なかろう」

東条は凍りついた。皆がいっせいに振りむく。

これまでとは出所も異なり、交わされていた声とは違う異質な声……陛下だった。

ここまで、ずっと上座から推移を見守ってきた陛下が断を下したのだ。これ以上、議論の余地はない。

嶋田は土壇場で態度を翻して、破滅的な道へ進もうとしていた国家の方向性をねじ曲げたのである。

聖断によってハル・ノートの受諾は決まり、対米戦は回避された。

日本は屈辱を忍ぶ代わりに当面の平和を手に入れたかに見えたが、これが新たな紛争と予想もしない世界情勢の変化を招くことになるとは、近衛も松岡も東条も嶋田も、そして山本さえも考えのおよばぬものだった。

世界は実に複雑に、そして悲劇的に絡みあっていたのである。

一九四一年一二月五日　呉

軽巡洋艦『夕張』砲術科所属の村松晶吾兵曹長と空母『翔鶴』艦攻隊所属の仁保健三郎飛行兵曹長は、半舷上陸の合間を利用して呉の街へ繰りだしていた。

はるか東太平洋に向かったまま戻っていない伊二潜航海士飯原洋七兵曹長はともかく、仁保は隊でも同僚となる花輪佐平一等飛行兵曹にも声をかけたが、あっさりと断られ、二人だけの寂しい同期会だった。

「飯原は無理でも、花輪を誘ったが駄目だったよ。『俺にかまうな』と人間嫌いは変わらず。悪い奴じゃないんだけどな」

「…………」

語りかける仁保に村松は無言だった。彫りの深い顔も端整というより、病んで歪《ゆが》んでいるという感じに見えた。

いつもとは様子が違った。村松も呉の街もだ。

道行く人々の視線は冷たかった。明らかに顔を背ける者がいるかと思えば、物陰から仇《かたき》を見るような目で睨む者もいる。

「気に入らねえな」

飲み屋ののれんをくぐって、村松がようやく口を開いた。唇がへの字に曲がり、外に向けて嫌悪の眼差しを返している。

「仕方ないさ。いまや海軍は一番の悪者だから」

仁保の言うように海軍は今、国民の憎悪の対象となっていた。

問題が発生したときや結果の出ないときは、誰かが責任をとらなければならない。

それが、今の海軍だった。

新聞紙上には海軍を誹謗中傷する記事が、連日鮮烈な見出しとともに踊っていた。

「腑抜けの海軍！　米国の不当な要求の受けいれは、海軍の敢闘精神欠如のため」

「張り子の虎の連合艦隊！　国防になんら貢献できない海軍に存在意義なし」

「米国にひざまずき、国に汚辱を塗る海軍は解散せよ！」

ハル・ノート受諾——大陸からの全面撤退をはじめとする各種権益放棄への批判は対米正面に立つ海軍に集中し、国民は「税金泥棒」「腰抜け」と海軍を罵るようになった。

気品があって頼りになると羨望の眼差しだった国民の視線は、まるで犯罪者を見るそれに早変わりしたのである。

連合艦隊司令長官山本五十六大将と海軍大臣嶋田繁太郎大将はハル・ノート受諾決定とともに辞表を提出しており、国民の批判の高まりを受けて、軍令部総長永野修身大将も引責辞任を余儀なくされた。

海軍は創設以来最大の荒波をかぶったのである。

前年揃って准士官に昇進した村松と仁保だったが、いきなり冷や水を浴びせられる格好になった。

「健三郎は、よく平気でいられるな」

村松の気持ちの揺れは国民からの批判だけではなく、もっと深い根底にあった。

「日本は負けた。負けたんだぞ」

村松はこれまで富国への貢献を目的に軍務に精励してきた。それが疲弊した地方の再生と繁栄に役立つと信じていたからだ。

敵国より強く、上にいくことで国が豊かになる。国が豊かになれば、これまでひもじい思いをしてきた地方の人々の暮らしも楽になる。

そう信じてやってきた。

それが、アメリカという巨大な壁に粉砕されたのである。

「こんなはずではなかった。くそっ」

村松は怒りの拳を長机に打ちつけ、再び黙り込んだ。

「そう、塞ぎ込むなよ」

怒りと失望に震える村松と違って、仁保はいたって平静だった。

仁保は軍務も職業のひとつとして考えており、なにごともわりきって考えられる思想の持ち主であった。

「屈服と考えるから気が沈む。気が沈むから疑問が湧く。疑問が湧くから怒気を招く。要求を呑まされたと考えるから落胆するし、腹が立つ。でも、本当にそうかな？」

「どういうことだ？」

「背伸びして競って敵を求めるのではなく、我が国は我が国として生きていく。誰が敵、どこが敵ではない。恒久平和と専守防衛。今回の決断はそうした意味あいを持つと思わんか」

「…………」

「そう考えれば、納得もいくと思うがな」

村松は仁保の言葉をすぐには理解できなかった。

人はけっして強くはない。すぐに立ちなおれるものならば、それは挫折ではない。

信じたものが大きければ大きいほど、強ければ強いほど、それをあらためるのには困難がつきまとう。

信じたものが崩壊した今、村松にはしばらく時間が必要だった。

日本という国と同様に、村松もまた古い殻を脱ぎすてて、新しく生まれかわる変革のときを迎えていたのである。

第4章　赤い嵐

一九四一年一二月一一日　中国東北部

日本軍の撤退とともに満州国は崩壊した。

黄色の旗地の左上四分の一に赤、青、白、黒を置いた満州国旗は次々と降ろされて踏みにじられたあげく、火にくべられた。

清朝最後の皇帝にして満州国の執政だった愛新《あいしん》覚羅溥儀《かくらふぎ》は中国警察に逮捕され、ついに表舞台から姿を消した。

しかし、日本軍に代わって進駐してきたのは、アメリカの支援を受けていたはずの中国国民党軍ではなく、社会主義国家を示す赤旗を翻すモンゴル軍だった。

虎視眈々と東進の機会をうかがっていたモンゴル軍が、日本軍撤退の間隙を衝いて満州へ侵攻したのである。

同日　ホワイトハウス

アメリカ合衆国第三二代大統領フランクリン・ルーズベルトは苦りきっていた。

まさに青天の霹靂《へきれき》と言っていい。

恫喝によって日本を大陸から叩きだしたまではよかったが、皮肉にもそれはモンゴル軍を東に呼び込む材料となったのである。

これではなんのために日本を追いだしたのか、

わからなくなってしまう。

国際法的にもグレーなレベルまで無理をして踏み込み、日本に圧力をかけ続けてきた行為が、水泡に帰したのである。

「やはり蔣介石になど任せるべきではなかったな」

ルーズベルトは、アメリカ陸軍自らが治安維持を担うとして駐留すべきだったと後悔した。日本軍撤退と同時にアメリカ陸軍を派遣しておけば、こんなことはなかった。

だが、さすがにそれは日本から満州地域をかすめとったと露骨に見えるために見送られた。

今ごろ後悔しても時間を戻すことはできない。

「一〇年来の懸案事項が、ついに解決した。自分は『エド・バクフ』に開国させたマシュー・ペリーの黒船来寇を上まわる外交成果を手にした」と喜んだのは、ほんの束の間でしかなかったのである。

「モスクワはなんと言ってきた」

「まったくの誤解であると、しらを切りとおすようです」

国務長官コーデル・ハルが報告した。

「『モンゴル軍の行動は、あくまでモンゴル政府の指示によるもので、ソ連はいっさい関与していない。そもそもソ連は欧州の戦争で首がまわらない状況にあり、東アジアのことを考える余裕はない』と、予想どおりの返答を繰りかえしています」

「スターリンめ、見えすいた嘘を」

ルーズベルトは歯噛みした。

歴史的に見ても、ソ連とモンゴルのつながりは浅からぬものがあり、日本が大陸にいる間は常にソ連軍とモンゴル軍が日本軍を牽制しあってきた。

また、モンゴルは日本やソ連、中国と比べても国家としての力は乏しく、単独で他国に侵攻することなど考えられない。

ソ連は否定したが、モンゴル軍の背後にソ連軍が控えていることは、誰の目にも明らかだった。

満州地域の権益奪取を目論んでいたアメリカにとっては大きな誤算であり、ソ連との関係が先鋭化するのは当然だった。

「日本の次は、ソ連を叩かねばならぬか。日本は軍を動かすことなくひれ伏せさせることができたが、ソ連はそうはいくまい。いよいよ我が国も本腰を入れて動かねばならんな。

スターリンの泣きっ面を見ないと、腹の虫がおさまらんわ」

「お待ちください、ミスター・プレジデント」

ハルは感情的になっているルーズベルトにくぎを刺した。

「ソ連は侮《あなど》れない敵です。単独でヒトラーのドイツを倒したことを忘れてはなりません。日本のようにはいきますまい。我々が負けることはなくとも、かなりの痛手を被ることは必至です。ここは慎重に対応すべきです」

ハルの言うとおり、ソ連は第四帝国とでも呼ぶべき一大帝国と化していた。

欧州を席巻したアドルフ・ヒトラー率いるナチス・ドイツの栄光は、わずか二年で流れ星のように消えたのである。

たしかにヒトラーは優れた戦略家であるとともに人心掌握術にも優れ、巧みな外交と強大な軍事力で一大帝国を築きあげた。

西欧の大部分と北欧、南欧におよぶヒトラーの帝国は、神聖ローマ帝国と帝政ドイツに続く第三帝国と自称するに相応しい一大帝国だった。

だが、ヒトラーは焦《あせ》りすぎた。

選民思想に基づく人種差別主義は、敵を過小評価するミスにもつながった。

ヒトラーはドーバー海峡を越えたイギリスにも手を出しつつ、同盟国イタリアとともに北アフリカやバルカン半島にも軍を進出させていた。そのうえソ連へ侵攻するとなっては、さすがのドイツ軍といえども手に余った。

しかもソ連は、イギリスやフランスなどとは比較にならない広大な国土を有する懐の深い国で、進んでも進んでもその先があった。

また、ソ連特有の冬の極寒も問題だった。

中世にナポレオンさえも退けた冬将軍は、精強なドイツ兵から体力を奪う一方で、ドイツ自慢の装甲車両にはトラブルを続出させて行動不能に至らしめた。

さらに、ロシア人らスラブ民族は、ヒトラーが蔑《さげす》むほど下等で怠惰な民族ではなかった。

進撃にかげりが見えたことで、ヒトラーはやむなく戦線の縮小をはかった。イギリス本土上陸作戦は無期延期として空襲の頻度も下げ、北アフリカからは軍を全面的に撤退させた。

しかし、一度破綻しかけた戦線を立てなおすのは容易ではなかった。

反撃に転じたソ連軍によって東部戦線はじりじりと押し戻され、ソ連軍の攻勢は時間を追って加速した。

そして、ドイツがポーランドに侵攻して第二次世界大戦が始まってから二年が経過しようとするころには、ドイツの首都ベルリンはソ連軍によって包囲され、ナチス・ドイツは完全に土俵際まで追いつめられていた。

当然、ドイツ軍は死にもの狂いで抵抗した。

超重戦車マウスをはじめとする試作車両を片っ端から実戦投入し、少年兵や退役軍人らの高齢者も前線に送り込んだが、それらもすべて焼け石に水だった。

いよいよソ連軍がベルリン市内に突入してくると、進退窮まったヒトラーは総統官邸地下室で服毒自殺し、ナチス・ドイツは崩壊した。

世界制覇を夢見たドイツ第三帝国は、砂の虚城にすぎなかったのである。

世界には平和と安定が戻るかに見えたが、実際にはそうならなかった。

世界制覇の野望を抱く独裁者はヒトラー一人ではなく、ソ連の最高指導者ヨシフ・スターリンもまったく同じ思想を持つ野心家であった。

ソ連はドイツを占領するや否や、そのままフランスとベネルクス三国に侵攻した。

さらに、イギリス本土に早くもソ連軍機飛来との情報すらある。

感情的な側面から言えば、実に卑劣な行動かもしれないが、戦略的には非常に効果的でベストな策と言える。

ドイツの攻撃で死んだところは、甦らせることなく代わって奪いとる。ドイツの攻撃で弱っているところは、回復のチャンスを与えずにとどめを刺しにいく。

狡猾で冷酷無比なスターリンならば、迷わず実行に移して当然である。

「イギリス政府からの要請についてですが」

「論外だ」

ハルの言葉を遮《さえぎ》るようにして、ルーズベルトは即答した。

「ソ連を叩きたいのはやまやまだが、戦うのはアジアであって欧州ではない。参戦しながら欧州には不介入ということはできんだろうからな。

それに同盟国でもない以上、議会も納得しないだろう」

「でしょうな」

ハルもうなずいた。

イギリス政府は対ドイツ戦のころから、しきりにアメリカに参戦を求めていた。

ファシズムや共産主義という危険思想の拡散を食いとめるためという名目だったが、欧州の大半がドイツの軍門に降るなか、劣勢のイギリスとしては、圧倒的な国力と軍事力を持つアメリカは喉から手が出るほどほしい共闘相手だったのである。

なんとしてでも自陣に引き入れたいと再三再四督促するイギリス政府だったが、アメリカ政府は首を縦に振らなかった。

さし迫った脅威が自国にないため、アメリカの国内世論は欧州参戦には否定的で、たとえ参戦を議会に問うたとしても、それは百パーセント否定されることが目に見えていたからだ。

理由はほかにもある。

「仮に欧州戦線に参入したとして、なにが得られるかね」

「イギリスやほかの欧州諸国からの恩義、といったところでしょうか」

「だろう」

ルーズベルトは嫌みな顔で微笑した。

「土地も手に入らん、物も手に入らんというのではな。実利がなければ軍は動かせん」

ルーズベルト、いやアメリカという国の、これが本音だった。

アメリカ政府の目は欧州ではなく、実利が得られそうなアジアに向いていた。ただそれも、ソ連の横槍によって軌道修正を余儀なくされた。

いずれ、ソ連とは戦わねばならない。

拙速な行動を戒められつつも、ルーズベルトの胸中では最大の敵となったソ連に対する軍事行動が、はっきりと視野に入っていたのだった。

一九四二年五月二日　ロンドン

イギリス本土上空には、赤い星の識別マークをつけたソ連軍機が乱舞していた。

初めは果敢に邀撃していたＲＡＦ（ロイヤル・エア・フォース＝イギリス空軍）は日を追うごとに数を減らし、今ではまったく妨害を受けることなく、ソ連軍機が悠々と爆撃して去るのも珍しくない。

この日も昼間に来襲したおよそ五〇機のツポレフＴｕ‐２に対して、迎撃に上がったのはスーパーマリン・スピットファイア二機に、ホーカー・ハリケーン三機の計五機が、やっとの有様だった。

しかし、イギリス空軍には対ドイツ戦をくぐり抜けた歴戦のパイロットが残っており、その戦意はまだまだ旺盛だった。

少なくともパイロットの練度という点だけは、イギリス空軍のほうが上だった。

圧倒的な数的劣勢であるにもかかわらず、五機のイギリス空軍機は果敢に立ちむかった。

イギリス空軍機で主流の液冷エンジンを猛《たけ》らせ、フルスロットルでスピットファイアが高空に上がっていく。

尖った機首が高空の冷気を突きやぶり、ファストバック式のコクピットの風防に水滴が流れる。

エンジン方式の採用には、それぞれの軍固有の環境や運用条件が影響する。

本土から遠い離島や砂埃の多い大陸での運用を前提とする日本の陸海軍は、整備しやすく稼働率の高い空冷エンジンを優先的に採用しているが、作戦エリアが比較的狭く、本土周辺での恵まれたバックアップ体制下での運用が前提のイギリス空軍は、液冷エンジンを好んで採用する傾向にある。

液冷エンジンの利点は、なんといっても大きな空気取入口がいらないぶん、空気抵抗を少なくできること、空気密度の影響を受けずにすむため高度によらず安定した性能を発揮できることである。よって、敵爆撃機が高空から飛来しても、スピットファイアやハリケーンは普段どおりの戦闘行動が可能だった。

もちろん、ソ連空軍も敵本土上空に裸の爆撃機を送り込んだりはしない。比較的足の長いミコヤングレビッチＭｉｇ‐３戦闘機を護衛につけていた。

主翼の後端付近にあたる機体後方にファストバック式のコクピットを設け、弾丸を細く伸ばしたような形状をした外観が特徴である。

最大出力一三五〇馬力のミクリンＡＭ35Ａ液冷エンジンは、全長八・二五メートル、全幅一〇・二メートル、全備重量三三五〇キログラムの機体を、最大時速六四〇キロメートルで飛ばすことが可能だ。

イギリス本土空襲を念頭に置いて、ソ連空軍はオランダやフランス西岸に拠点を設けて攻勢を強めていた。

スピットファイアとハリケーンでは、速度や運動性能をはじめとして、総合性能はスピットファイアが優る。それを理解したうえで、まずスピットファイアが仕掛ける。

最大出力一四七〇馬力のＲＲマーリン45エンジンに鞭を打ち、全長九・一二メートル、全幅一一・二五メートル、全備重量三〇九〇キログラムの機体が、Ｔｕ‐２の編隊めがけて逆落としに突っ込む。

空に浮かぶ五〇機ほどの編隊は、遠目には黒い塊にしか見えない。青い空のなかを黒光りする鎧《よろい》が進んでいるようなものだ。

その鎧を突きやぶらねばならない。

Ｍｉｇ‐３が前面に立ちはだかるが、スピットファイアは持ち前の高速力で一機めを振りきる。二機めは高度上の優位からくる位置エネルギーを生かしてかわす。

三機めがようやく銃撃してくるが、スピットファイアは優れた運動性能でそれに空を切らせる。数百メートルほど離れた空域でも、もう一機のスピットファイアがＭｉｇ‐３の傘をはがしにかかっている。

こちらは果敢に銃撃戦に応じ、一機め、二機めは戦果なしも、三機めのＭｉｇ‐３に見事、命中弾を与えた。

風防ガラス全面に蜘蛛の巣のようなヒビが広がったかと思うと、敵の銃撃はやみ、ノーズの長い胴体と低翼式の主翼といった原形をとどめたまま墜落していく。

コクピットを貫通した二〇ミリ弾が、敵パイロットに致命傷を負わせたと思われる。

航空機銃としては大口径の、ジュラルミンをやすやすと貫く二〇ミリ弾を食らっては、生身の人間などひとたまりもなかったはずだ。

さらに四機めは送油管にでも当たったのか、火を吹いたＭｉｇ‐３を離脱に追い込む。

充分かどうかはともかく、スピットファイア二機は敵戦闘機隊を乱すことには成功した。

「今だ」とばかりにハリケーン三機が、スピットファイアがこじ開けた突破口めがけて突入する。

スピットファイアと同系列のＲＲマーリン20エンジンが吼《ほ》え、全長九・八三メートル、全幅一二・一九メートル、全備重量三四二五キログラムの機体を引っ張る。

追いすがるＭｉｇ‐３を振りきり、Ｔｕ‐２に肉迫する。

しかし、そこで銃撃成功となるほど、状況は生やさしいものではない。Ｍｉｇ－３という第一の関門を突破しても、そこには弾幕射撃という第二の関門が待ちうけていた。

「Damn it!（ちくしょう）」

空中に広げられた火薬の投網に、たちまちハリケーン一機がつかまる。

連続した金属音と着火音、オイルが吹きだす音らが混然一体となって渦巻く。

そこには悲鳴も絶叫も、派手な爆発の閃光もなかった。

機体は原形をとどめていない。胴体を、主翼を、尾翼を、エンジン部を、機体のありとあらゆる箇所を一二・七ミリ弾に噛みちぎられ、ハリケーンは肉を食い散らかされた骨のようになって墜落していく。

残り二機のハリケーンが、そこで攻撃をためらうことはない。引きかえすどころか、さらにしゃにむに突っ込む。

厳しいことなど初めからわかっている。一〇倍の敵を前に出撃したときから、覚悟はできている。そうした追いつめられた者に特有の開きなおりが、彼らを支えていた。

双発、双垂直尾翼のＴｕ－２がはっきりと見えてくる。

「Return to the north!（北に帰れ）」

左右両翼に二挺ずつ計四挺を備えた二〇ミリ機銃の火箭《かせん》がほとばしる。

棒状に連なった火球は高翼式の主翼に吸い込まれ、無数の破片を散らしていく。

二機のハリケーンが左右に離脱してもなお、銃撃を受けたＴｕ－２は飛びつづけていたが、やがて異音を発し、うなだれたように機首を下げて墜落していく。

操縦系統かなにか重要な箇所を損傷させたのかもしれない。

スピットファイア二機とハリケーン二機の残存四機は、いったん距離をとって集合した。

第二撃はセオリーどおり最後尾の端を狙う。

スピットファイアが先行して銃撃を仕掛ける。だが、敵は素早く修正してきた。

初回のように釣りだされることなく、Mig‐3はTu‐2の周囲をがっちりと固めて離れない。やむなく四機は同時攻撃に入った。

そこが、勝負の分岐点だった。

Mig‐3がいっせいに反応した。前に二重三重の壁となり、左右からも押しつぶすようにしてMig‐3が距離を詰める。

不用意に接近したMig‐3にスピットファイアの二〇ミリ弾が突きささる。弾倉を貫いたそれは、一撃で致命傷を与える。

まばゆい閃光がノーズの長いMig‐3の胴体を引き裂き、膨れあがる火球のなかで機体がばらばらに砕け散る。

爆風が拡散し、やや遅れておどろおどろしい爆発音が伝わる。

撃墜スコア一の追加である。

スピットファイアは、持ち前の優れた格闘性能で敵の銃撃をかわす。

時折、アクロバティックな機動をまじえて、右に左に、上に下にと敵の火箭をくぐり抜ける。

背面飛行に転じたコクピットのすぐ先を、橙色の火箭が突きぬけたかと思うと、エンジンカウリングの脇を十字の火箭がかすめる。

だが、すぐに限界はやってきた。

一〇倍もの数の敵に、まともに挑んでも勝機はない。スピットファイアの特徴的な扇形の主翼には、敵弾が殺到した。

無数の弾痕を穿《うが》たれながらも、パイロットはなんとか機体の安定を維持しようと努めたが、それはむなしい努力でしかなかった。

一〇秒と経たないうちに、損傷した主翼は空気抵抗に耐えかねて折れとんだ。

派手な音を伴いながら、片翼をもがれたスピットファイアは急激にバランスを失って落ちていく。立てなおしはもはや不可能だ。

もう一機のスピットファイアも命運は尽きていた。被弾して発火した機首の炎が、風に煽られて後ろへ後ろへと広がっていく。

視界は閉ざされ、そのうえエンジンの回転も不規則になって、パイロットは二重に苦しめられた。

脱出もままならないなか、炎はコクピットに達し、パイロットを生きながら火葬にしていく。エンジンも止まり、スピットファイアは文字どおり死のダイブに至って果てた。


これ以上の攻撃は不可能と判断したハリケーン二機が離脱に走る。

ただ、それをやすやすと見逃す敵ではなかった。

主翼を翻し、大きく旋回したハリケーンを、同時多方向からの銃撃が襲う。

下腹が連続して抉《えぐ》られたかと思うと、今度はファストバック式のコクピットの背後に一二・七ミリ弾が突きささる。

それとほぼ同時に命中した敵弾がフラップを跳ねとばし、尾翼の先端をかじり取る。

ハリケーンは小突きまわされるようにして空中をのたうった。

褐色の煙を吐き、火花を散らしながらよろめいたハリケーンは、さらに追撃を浴びたところで空中分解してあの世に送り込まれていった。

ジュラルミンの破片が星屑のように輝くが、それもすぐ風にかき消されていく。

最後に残ったハリケーンも生還は叶わなかったが、その最期は他機とは違ったものだった。

そのハリケーンは回避行動に入る前に、正面から有効弾を浴びた。

風防ガラスを貫いた一二・七ミリ弾によって、パイロットは一瞬にして命を奪われた。

しかし、パイロットを失ってもハリケーンのエンジンや機体は無傷だった。

無言の質量爆弾と化したそれは、まるで誘われるようにして敵編隊に突っ込んでいった。

Ｍｉｇ‐３はそれをかわしたが、密集隊形を組んでいたＴｕ‐２はそうはいかなかった。

運の悪い後列側面のＴｕ‐２に質量爆弾は激突した。真っ赤な光が陽光すら遮り、黒褐色の煙が蒼空を汚した。

炎と煙とをまとわりつかせながら、もつれあうようにして二機は墜落していく。

ハリケーンの太い胴体が尾部に突き刺さり、Ｔｕ‐２の特徴的なＨ形の尾翼はＵの字にねじ曲がっていた。

このハリケーンのパイロットには、自分の命と引きかえにしてでも敵を道連れにしてやろうという鬼気迫る発想などなかった。

しかし、戦場という命を懸けた極限の場は、ときとして人の意思とは関係なく、こうした劇的な幕切れをもたらす。

力尽きた二機は、大小多数の破片を散らしながら墜落した。

初め不規則に揺れていたそれは、やがてひとつの塊として重力加速度を帯びて落ちていく。轟音とともにロンドンの地表に衝突したそれは、木っ端微塵になって消えうせた。

これが、最後だった。

邀撃に上がったイギリス空軍機五機は同数の敵

──Ｍｉｇ－３三機とＴｕ－２二機を撃退したものの、ただの一機も生還することはなかった。

そして、五機撃退という戦果は、全体から見れば吹いて飛ぶほどのささやかなものでしかなく、戦局にはなんら寄与することはなかった。

Ｔｕ－２から切りはなされた爆弾は、風を切って次々とロンドンの市街地に降りそそいだ。

閃光に続いて地表に爆煙が躍り、砂塵が舞いあがる。

ロンドンをはじめとしてイギリス本土上空には連日、ソ連軍機が飛来し、爆撃を繰りかえした。

イギリス空軍は北方に追いやられ、人も物資も質的にも量的にも追いつめられた状況で必死の抵抗を続けていたが、それも無意味になるときが訪れた。

それは……。

一九四二年五月九日　ポーツマス

イギリス南部のポーツマスは大陸の脅威からの本土防衛という意味で、イギリス海軍にとっては欠かすことのできない軍港だった。

現在はソ連軍が、それ以前はドイツ軍が虎視眈々とイギリス本土上陸を狙っており、それは目の前のドーバー海峡を渡ることで実行されるであろうからだ。

だからイギリス海軍は、制空権を失って危険に晒されていることを承知の上で、ポーツマスに艦隊を張りつかせつづけてきた。

さすがに戦艦や空母といった大艦は北西に離れたオークニー諸島のスカパフローに退避させていたが、駆逐艦や掃海艇ら俊敏で小回りが利く小型艦艇は、破壊されても入れ代わり立ち代わり補充して、警戒を怠らなかった。

ただソ連軍からすれば、そうしたイギリス軍の活動を封じるべく、もっとも効果的かつ危険性の少ない策を採るのが当然である。

それが現実として具現化したのが、この日だった。

なんの前ぶれもなく、駆逐艦が爆発を起こして炎上した。前部の主砲塔もろとも、まるで巨人の手で握りつぶされたかのように艦首がごっそりと削げおち、炎が艦橋構造物をあぶる。

「敵襲！　敵襲！」

不気味な警報が港内に響きわたり、将兵が慌ただしく動きだす。

しかし、敵の姿はない。

空襲を疑って空を見あげても敵機の姿はなく、敵潜水艦の奇襲を疑っても雷跡を見た者は誰一人としていなかった。

泡をくって駆潜艇が動きだすも、それらしい兆候は見いだせない。

炎上する駆逐艦には「これでもか」と放水がなされていくが、炎の勢いがおさまる気配はまるでなかった。

「事故か？」

そんなことを思いはじめたとき、第二の災厄が降りかかった。

今度は炎上する駆逐艦から五、六〇〇メートル離れた海面が豪快に抉られ、生じた高波によって哨戒艇が大きく煽られた。

玉突き式に激突された魚雷艇がたまらず横転、転覆していく。

謎の爆発は陸上でも相次ぐ。

黄白色の閃光が弾けたかと思うと兵舎が崩れ、潰れた屋根と倒壊する壁に多数の将兵が下敷きとなって絶命する。

悲鳴や絶叫は崩壊の轟音にかき消され、瓦礫《がれき》の中から伸びた腕はよろよろと這いあがってからぱたりと倒れ、そのまま二度と動かなくなる。

きわめつけは火薬庫の爆発だった。当然、備蓄物が危険極まりないものであるため、建物の構造や材料はほかの倉庫と比較して念入りに、かつ頑丈なものが選ばれて造られたはずだった。

しかし、それを嘲笑《あざわら》うかのように災厄は暴れまわった。

天井がやすやすと射抜かれ、大量の火薬に火が入った。それは地獄絵図への導火線に点火された瞬間だった。

膨大な化学反応の連鎖が始まり、莫大なエネルギーが解放される。熱と光の膨張と拡散は、ありとあらゆるものを巻き込んでいく。

火薬庫は一瞬、倍の大きさに膨れあがったかに見え、次の瞬間、天高く炎と煙が突きあがった。

耳を聾《ろう》する轟音とともに熱風と爆風がすべてをなぎ倒し、鋭い破片が四方八方に飛びちっていく。

将兵の肉体が切りきざまれ、血飛沫が飛ぶ。

そこに残されたのは、動かなくなった死体と血だまりだった。かろうじて生き残った者は、それらを見て立ちすくんだ。

事故ではない。事故ならば、これほどまでに同時多発的に発生するのは不自然すぎる。

では、敵の攻撃か？　だとすれば、なんだ。

将兵は目に見えない恐怖に震えた。

空襲でも、艦砲射撃でも、雷撃でも、ましてや陸上からの銃撃でもない。

敵の攻撃だとすれば、これはなんだ。

唯一、複数の者が共通の意見としてあげたことがあった。

「被害が生じた後に、航空機の飛翔音のような音が聞こえた気がする」

馬鹿な。だが、理論的にはありえない話ではない。物体が音速を超えた速度で移動すれば、音は物体に遅れてついてくることになる。

にわかには信じがたいことであり、イギリス軍もその正体を突きとめるまでにはある程度の時間を要したが、その証言は正しかった。

爆発の原因は、旧ドイツから撃ち込まれたVergeltungs Waffe2（報復兵器2号）、略してV2だった。

V2は全長一三・八三メートル、重量一三・六トンのロケット兵器で、速度は驚愕のマッハ四に達する。

迎撃は事実上不可能であり、狙われた標的はただ破壊されるのを待つしかないという、恐るべき新型兵器だった。

膨張を繰りかえすソ連を阻むものはなにもなかった。ドイツの先端技術と最新兵器はソ連軍の手中に落ち、欧州で唯一抵抗を続けるイギリスにとって、重大な脅威が加わったのである。

さらに、そのイギリスを瀬戸際に追い込む報告が届く。

地中海のイタリア艦隊がソ連軍に投降し、リットリオ級戦艦をはじめとする有力艦艇がそっくりソ連軍に渡ったという、衝撃的な報せだった。

有力な空軍と強力な陸軍を擁するソ連軍にとって、海軍は唯一の弱点だった。

装備の規模とそれを支える環境という意味で、海軍力の整備にはどうしても金と時間がかかる。

二〇世紀初頭からの革命と粛清の嵐による停滞によって、ソ連海軍の近代化と拡大は遅れていた。ソ連海軍で見るべきものは、建造期間が短く、大量生産が容易な潜水艦戦力くらいだったのである。

それをソ連は、有力艦隊そのものの奪取という強硬手段で補った。

艦艇を手に入れたからといって、それがすぐさま戦力化できるかとなると疑問は残るものの、ソ連海軍がより強力に、そして脅威を与える存在になったことは間違いない。

イギリスにとって最後に残った防壁であり、ナチス・ドイツの侵略すら阻んだ「海」という天然の防壁も、ついに崩されようとしていた。

一九四二年五月一二日　北東大西洋

夜陰に紛れて南下を急ぐ小艦隊があった。

中央の艦こそ巨大な砲塔を据えた戦艦だったものの、その周辺を固める艦は小さく、数も少なかった。

厳重な灯火管制を敷きながら、艦隊はまさに逃げるように先を急いでいた。

互いの艦影は肉眼ではまったく目にできず、レーダーの反応に接する者だけが、その位置関係を把握している。無線封止下にあることも言うまでもない。

「こんな状態まで、我が偉大な大英帝国が追いつめられてしまうとは」

駆逐艦『ライトニング』の艦上で、イギリス海軍曹長アラン・ウォルキーアは唇を噛んだ。無念の思いはあるが、状況を飲み込めていないわけではない。

ウォルキーアは二年前、フランス戦線で敗走した大陸派遣軍を本国に脱出させるダイナモ作戦に従事している。

結局、あのころから戦局はなんら改善されていない。敵がドイツからソ連に代わってもだ。

そして、ついに海上での優位すらも絶対ではなくなってきた。

「まさに、来るべきところまで来てしまったということだな」

『ライトニング』をはじめとする駆逐艦五隻は、全神経を使って警戒の目を光らせていた。

もっとも考えられるのは、敵潜水艦の襲撃である。闇という蓑《みの》をかぶるということは、敵の目から逃れやすい反面、敵を見つけにくいということにもなる。

ソナーやレーダー、人の目、人の耳を総動員して、異変をできる限り早くキャッチするのが、被害を防ぐ絶対条件となる。

「たった五隻で護衛は充分なのか」という疑問は愚問である。

艦隊編成をあえて小規模にしたのは、それだけ敵の目につきにくくするという配慮からだった。

この艦隊は遠くオセアニアのオーストラリアへと向かって、本国を脱出した。

なんとしてでも危険水域を脱して安全な海域、安全な地域へたどりつかねばならない。そのための苦肉の策だった。

(それだけの超重要人物を運んでいるのだろうかな)

ウォルキーアは後ろに控えるはずの『プリンス・オブ・ウェールズ』の艦影を思いうかべた。

ワシントン海軍軍縮条約の延長と強化を意識して主砲口径を一四インチ、艦体を三万七〇〇〇トン弱と控えめにしながらも、四連装とした主砲塔を前後に積み、その間に中世の城塞を思わせる重厚な艦橋構造物を据えた艦容は、イギリス海軍の威信を背負い、ウィンストン・チャーチル海軍大臣をして「不沈艦」と言わしめたものである。

そのなかに、第一級の重要人物——恐らくは国王陛下が乗っているはずだ。

もちろん、目的地はともかく、ウォルキーアのような下士官が、そのような極秘情報に接することなどできるはずがない。

しかし、異常なまでの警備体制や侍従が待機しているという情報、王室ご用達品がいくつか運び込まれるのを見たという証言、そして箝口令《かんこうれい》が強まれば強まるほど、対象が特異中の特異な存在であることがわかる。

そんな条件にあてはまる人物は、国王陛下以外にいない！

そして、その国王をはるばるオーストラリアまで運ぶ任にあたるのが、艦名から王室を連想させる『プリンス・オブ・ウェールズ』だとは、なんという数奇なめぐりあわせだろうか。

ウォルキーアの予想は正しかった。

イギリス国王ジョージ六世は、軍に促されて本国を脱出した。イギリスは国家形態そのものが、崩壊の危機に直面していたのである。

二〇世紀初頭まで世界中に植民地を広げ、世界帝国の名をほしいままにしてきた面影は、そこにはもうなかった。

追いつめられ、亡国の瀬戸際に立たされた敗残の国——それが今のイギリスの実態だった。

一九四二年五月一五日　呉

戦火が飛び交いつづける欧州と違って、ハル・ノートを受諾して開戦を免れた日本には静かな時間が流れていた。

ハル・ノート受諾直後は「三国干渉の再来」と激昂する群衆が、政府庁舎に押しかけて投石したり、警察ともみあいになって逮捕者が大量に出たりといった混乱もあったが、それはすぐさま収束した。

また、大陸からの撤退に伴って、日本海側の舞鶴や佐世保は帰還者でごった返し、船の不足や人員掌握の困難から多数の行方不明者が出るなどの問題も発生したが、そうした一連のトラブルも半年が経過した今となっては沈静化したように見える。

日米貿易も再開され、石油や鉄などの戦略物資のみならず、食糧や生活雑貨などが輸入されることによって、国民生活も一時の窮乏状態からは脱していた。

苦痛と耐乏からくる暗い表情をしていた一般国民の顔にも、明るい笑顔が戻ろうとしている。

「これでよかったのかもしれないな」

軽巡洋艦『阿賀野』第一砲台長村松晶吾兵曹長は、上陸したときの街の様子を思いだしながらつぶやいた。

呉の街は明るかった。

一時は主食すら事欠くような状態だったところに、珈琲やあんみつのような嗜好品まで戻り、路地には飴を手にしながら歓声をあげて走りまわる子供の姿もあった。

皮肉なことだが、あれだけしがみついていた大陸を手放したことで、国民生活は悪くなるどころか、かえってよくなったとさえ言える。

そんな様子を見て、村松の心境も大きく変化した。

ハル・ノート受諾の報に接したときは「負けだ、敗戦だ」と絶望的な気分になっていたが、今では国の平和と安定こそが優先されるべきものだったと、考えが変わったのである。

(健三郎よ、ようやく貴様に言われたことが理解できたよ)

「敵国と競って、戦ってそれを倒すのではなく、日本は日本の道を行く。誰が敵、敵がどうではなく、恒久平和と専守防衛という道を進むことに日本は転換した」

そう諭《さと》した同期の仁保健三郎の言葉を、村松はやっと飲み込めたのである。

（そこまで格好つけるつもりはないが、俺たちは平和を脅かす者と戦うということだな）

准士官たる兵曹長に任命されている職責とともに、村松は自分のなすべきことを再認識した。

ただ、すべてが好転したわけではない。

村松は本年三月一日付けで『阿賀野』に異動となって、第一砲台長の職に就いた。

『阿賀野』は約二〇年ぶりに計画された新型軽巡であり、ひと目で近代的で洗練された印象を受ける魅力ある艦だった。

艦体は細長く、上甲板は艦首に向けて反りあがり、妙高型などの重巡にも似た緩やかな曲線を描いている。艦橋はきわめて小さくまとめられ、当然、砲熕《ほうこう》兵装や雷装も強化されている。

軍縮条約の間隙を縫って誕生した『夕張』も革新的な軽巡だったが、『阿賀野』には『夕張』にはない余裕と軽快感があった。

塗料のにおいさえ残る『阿賀野』に、村松は満足感を覚えていたが、そこには思わず顔をしかめたくなる厄介な相手が待っていたのである。

「おおっと。これは失礼いたしました。まさか一砲台長がこんなところで休んでおられるとは、夢にも思いませんでしたので。休息のお邪魔をして申し訳ない」

慇懃《いんぎん》無礼な言葉づかいとともに、わざとらしく身を反らせたのは、第二砲台長中林潔兵曹長だった。

そう、軽巡『夕張』にともに乗り組んでいた「自称甲板士官」と評判の悪かった男である。

上には揉み手でごまをすり、下には無理難題を押しつけて、同僚や部下の失敗や些細な問題を上に密告しているとささやかれるなど、この『阿賀野』に来ても悪評は変わらない。

上ばかり見ているので、「ヒラメ」というあだ名がついているらしい。

不運なことに、村松はこの中林に個人的な怨みを買ってしまったらしいのだ。

もちろん、村松に落ち度はない。

中林は村松より年齢はひとつ上で兵曹長昇進も早かったのだが、『阿賀野』に来て自分は第二砲台長で、村松が第一砲台長と上にいるのが気に入らないのである。

中林は必要以上に村松を意識し、敵意さえ抱いている。なにかとつっかかり、嫌がらせも仕掛けてくる。

しかも、それがあからさまでありつつも、上にはわからないように巧妙に隠蔽したり、言い訳をするのが、中林のいやらしいところである。

「ああ！」

中林は大げさに声を張りあげて軍装の裾《すそ》を叩いた。

「これは完全に自分の問題です。自分がもっと気をつけていれば」

中林は首を左右に回しながら騒ぐ。持っていた桶の水がこぼれて濡れてしまった。それは村松のせいだとアピールしているのだ。

そもそも清掃の時間でもないのに、この場に桶を持っていること自体が不自然なのだが。

「これはすまない」

「いえ。一砲台長の手を汚すわけにはまいりません！」

手ぬぐいを出して手を貸そうとする村松を制して、中林の「洗礼」は続いた。

航海長らしき人物を遠目に見かけ、今度はしゃがみこんで声を大にする。

「神聖なる本艦の甲板を汚してしまった。自分が責任をもって清潔な状態に戻します！」

（参ったな。ここまでくると病気だ）

村松は胸中で天を仰いだ。

下士官や兵は真に受けないだろうが、上はどう思うか。それに上の評価がどうこう以上に、こうしたことがストレスとなって自分にのしかかることは否定できない。

（内なる敵か。健三郎だったらどうする？）


そのころ仁保健三郎が乗る空母『翔鶴』は発着艦訓練を終えて、柱島泊地へ戻ろうとしていた。

エレベーターの昇降を示すチャイムの音が鳴って、艦載機が格納甲板に下げられていく。

『翔鶴』は常用七二機、補用一二機の艦載機が収容可能だ。見かけ上は『赤城』や『加賀』と大差ないかもしれないが、艦体の容積比率や運用の円滑性という点では大きく上まわる。

これは設計年次が新しく、各部の効率的配置と補助装備の刷新などが進んだためである。

特徴的な低く長く見える艦体で、潮風を切りながら『翔鶴』は進む。

「おい、花輪。明日は非番だろう。どうだ、一緒に飯でも」

仁保は同期で所属も同じ艦攻隊の花輪佐平一等飛行兵曹に声をかけたが、答えはいつもと変わらぬものだった。

「俺にかまうな」

花輪は不機嫌そうな顔を向けた。

「何度も同じことを言わせるな。俺は一人でいるのが好きなんだ」

「いつも一人ではつまらんだろう。友人と話をすれば、新たに開眼することもあるかもしれんぞ」

「友を持った覚えはない。一人でいるほうが気が休まる。雑念が入らずに集中できる。それによって自己研鑽《けんさん》も可能だ」

真っ向からの否定と反論だったが、仁保も退かなかった。

「軍人だからって、軍務のことばかり考えていては気がめいるぞ。軍務は軍務、遊びは遊びとわりきらんと。大西洋は波高しも、太平洋は凪《なぎ》だからな」

「自分はそんな不真面目な男ではない!」

花輪はど真面目に切りかえした。

「自分は人が嫌いだしな」

「人が嫌い?」

「そうだ。人は嘘をつく。口先ではうまいことばかり並べていても、腹のなかではまったく違うことを企てていたりする。

言っていることと、正反対のことをするのも平気だ。自分は安泰だと思っていると、足をすくわれかねんぞ」

「足をすくわれる?」

「ああ。そうだ。ソ連は我が国と友好関係を築きたいなどと言っているそうだが、どうかな」

「ソ連が攻めてくると言うのか!」

仁保は首をひねった。

「ソ連がイタリアの艦隊をさらったという話は聞いたが、戦力になるのはまだまだだろう? とても我が軍に対抗できるとは思えんが」

「今はな」

花輪は含みを残した。

米英なみの戦力があれば、ソ連は牙を剥いてくる。その仮定は花輪の予測をも超えて、現実となろうとしていた。

急転を続ける歴史は、混沌に向かってなお加速していたのである。

一九四二年五月一八日　スカパフロー

スコットランド北方のオークニー諸島スカパフローはイギリス本国艦隊の母港として、長い間、世界に睨みを利かせてきた。

しかし、国の没落とともにスカパフローもまた、斜陽の道を歩まねばならなかった。

それは、港外で警戒にあたる駆逐艦の被雷で始まった。

夜の静まりかえった海面に、突如として白い水柱が突きあがり、荒々しい水音と爆発の轟音とが混ざりあって響いていく。

水上艦艇にとって、もっとも恐ろしい敵の攻撃は雷撃である。砲弾に比べて魚雷の炸薬量は桁違いであり、当然威力もそれに比例する。

水線下を抉られることによって、浸水という二次被害も生じる。魚雷の命中そのものよりも、こちらのほうがより重大な脅威だったりする。

浸水が酷くなれば艦は横転したり、沈没したりしてジ・エンドとなるわけだ。

それを装甲などない裸同然の駆逐艦が食らったのだからたまらない。

艦体は瞬時に真っ二つに折れ、艦橋より前部と後部とが分かれて漂流していく。

敵水上艦の姿はない。ましてや敵の機影も見られない。となれば、残る選択肢はひとつ。敵潜水艦の奇襲である。

Uボートか？

いや、ドイツはすでにない。

それを接収したソ連の仕業《しわざ》か。あるいはもともとソ連が持っていた潜水艦によるものか。

とにかく、潜水艦と決まれば掃討するまでと、駆潜艇や駆逐艦が勇躍、港外に躍りでる。

直後、陸上で連続して炎があがった。

炎を背景に、ドイツのUボートと死闘を繰りひろげた歴戦の艦が速力をあげ、あるいは舵を切って素早く身を翻していく。

「海上に敵影なし」

ラダール、アメリカ式に言うレーダーと見張員の目が、些細な変化も見逃すまいと海面を探ったが、浮上している潜水艦の姿はなかった。

敵潜水艦が潜航したまま魚雷を放ったのか、浮上して放ったのかはわからないが、攻撃後に海中に身を潜めるのは当然の行動である。

こうなれば、ソナーを使って海中の音の変化から、敵潜水艦をあぶり出さねばならない。

潜水艦への攻撃は、艦尾から爆雷を海中に落とすのが一般的だが、爆雷の有効範囲は限られているため、手当たり次第に落としても期待する戦果を得るのは難しい。

正確に敵の位置を知ることが必要だ。そしてソナーで音を拾うには、速力を落として雑音を消す必要がある。

各艦が散開してゆっくりと探索にあたりだす。

敵はそこを狙ってきた。

まず、H級駆逐艦『ヒーロー』の艦尾付近の海面が轟音とともに弾けた。飛びちる海水は見る見る巨峰と化して、夜空に向けてそそり立つ。

機関を破壊され、一瞬のうちに推進力を失った『ヒーロー』は、その場に停止して炎に飲まれていく。

前級G級までの駆逐艦と異なる前面が絞られた艦橋構造物が、妖しげな赤い光のなかに浮かびあがる。

同時に喫水線下では、海水が渦を巻いて艦内を浸食する。イギリス駆逐艦の基本とされてきた前後背負い式の単装主砲塔や二本の煙突、極端な短船首楼型の艦体が傾いていく。

艦底部はあっという間に海水で満たされ、わずかに生きのこっていた機関員らを溺死させる。

高まる水位に恐怖を感じて上へ上へと逃れる者には、容赦なく炎が襲いかかる。

ラッタルを昇ったところで、炎と煙に進路を塞がれた者たちが、激しく咳き込みながら倒れていく。

火災の炎を目にして躊躇《ちゅうちょ》している間に、追いすがる海水に足をすくわれ、流されて絶命する者も続出する。

『ヒーロー』は炎と水のせめぎ合いで発生した水蒸気に包まれながら、のけぞるようにして沈んでいく。

より小型の艦艇は、さらに悲惨な末路をたどる。

BPB型機動駆潜艇は被雷とともに火薬庫に火が入り、大爆発を起こして跡形もなく消しとんだ。

閃光が闇を引き裂き、大音響が夜気を揺さぶった。真紅の炎に続いて濛々《もうもう》とした褐色の煙がその場を覆ったが、その煙が晴れたころには、木っ端微塵に砕け散った駆潜艇の姿は完全になくなっていたのである。

「敵は複数！」

「これは二隻や三隻じゃないぞ」

「まさかソ連軍がこんなに早く、これほどの奥地にまで」

「回避だ。回避せよ！」

イギリス海軍の対潜艦艇は、敵潜水艦を狩るどころか、逆に返り討ちに遭って次々と沈められていった。

港外に勇んで出ていった駆逐艦や駆潜艇は風船が縮んでいくかのようにじりじりと後退し、港の出入り口を固めるのがやっとだった。

そして、戦艦や空母といった対潜攻撃手段を持たない大艦は、ただただ自分の身に脅威が降りかからないように祈るしかない無力な存在でしかなかった。

イギリス海軍の将兵にとっては、ここが本当に歴史と伝統のある本国艦隊の母港なのかと、目を覆いたくなる惨状だった。

ソ連海軍はイギリス海軍の予測をはるかに超える数の潜水艦を、しかも電撃的に展開してスカパフローを封鎖したのである。

イギリス本国艦隊は母港に閉じ込められた。

もちろん、事がそれで終わるはずがない。

しばらくして上空から異音が伝わりはじめた。

異音はやがて大きくなり、爆音として轟いてくる。

「敵機!? なぜ」

たしかに現れたのはソ連軍機の大群だった。

「防空網はいったいどうなっているんだ」

「事前にキャッチできなかったというのか」

ドイツ空軍の猛攻に晒された経験から、レーダーを使ったイギリスの防空網は世界最高のものになっているはずだった。

それを、やすやすと突破されるとは……理由はある。

第一に、その強固な防空網は大陸を臨む南部が優先されており、スカパフローのある北部は比較的脆弱《ぜいじゃく》だった。

第二に、その脆弱ながらも防空の要《かなめ》として設置されていたはずのレーダーは、ソ連軍の工作員によって、あらかじめ破壊されていたのである。

対潜艦艇が多数出撃していった際に陸地にあがった炎は、レーダーが破壊されて生じたものだった。

「爆撃に備え!」

「対空戦闘用意!」

しかし、イギリス軍将兵が目にしたのは、黒光りする航空爆弾の雨ではなく、次々と夜空に咲く白い花だった。

ソ連の空挺部隊による急襲だ。

イギリスの世界制覇の根源にあったスカパフローが潜水艦の奇襲ならまだしも、敵軍の侵略を受けるとは、世界は時代の変化というものを見せつけられたのである。

イギリス本国艦隊の所属艦艇はソ連軍に拿捕《だほ》された。ソ連軍にとってはイタリア艦隊を投降させたことに続く「戦果」であり、これは同時に、ソ連海軍が世界有数の戦力を持つまでに急成長したことを意味していた。

この「スカパフローの悪夢」によって、世界のパワーバランスはますます崩れ、複雑にねじれていった。

世界中に飛び火する戦火は、ついに太平洋へも波及しようとしていたのである。

一九四二年九月三日　北太平洋

新設されたソ連海軍太平洋艦隊は、極東海域に到達していた。

「まさかこんな日がめぐってくるとは」

旗艦『ソビエツキー・ソユーズ』の艦上で、司令官コンスタンティン・ナザレンコ中将は感慨深げにつぶやいた。

たしかに、一年前にはまったく夢にも思わない展開だった。

強力な戦車や自走砲を数多く有し、大陸国の面目躍如たる陸軍の陰に隠れて、ソ連海軍の将兵は長い間冷や飯を食わされてきた。

戦艦や空母といった大艦はおろか、巡洋艦すらまともなものは与えられずに、貧弱な哨戒艇や魚雷艇で沿岸警備を行う。あるいは、潜水艦で細々と哨戒活動を行うといった地味な活動に終始してきたのが、ソ連海軍の実態だった。

帝政ロシア時代の堂々たる艦隊は見る影もなく、イギリスの大艦隊はもちろん、伸長著しいドイツ艦隊の影にすら怯《おび》える毎日をソ連海軍の将兵は強いられてきた。

しかし、対ドイツ戦がすべてを変えた。

ドイツとの戦争は陸軍が主体だったが、その戦利品としてドイツの主力艦艇がソ連のものとなったのである。

さらに、ドイツ戦勝利の勢いそのままにソ連軍の快進撃は続き、イタリア、そしてイギリスの主力艦艇をも強奪することに成功した。

まさに一夜にして、ソ連海軍は小規模な沿岸海軍から、大規模な外征海軍へと変貌を遂げたのである。

さらに、実に二〇年ぶりに新規建造された新型戦艦ソビエツキー・ソユーズ級戦艦二隻も加わり、太平洋艦隊は編成された。

ソビエツキー・ソユーズ級戦艦は建造が伝えられるドイツのビスマルク級戦艦や米英の新型戦艦を凌駕する目的で計画された大型戦艦だ。

主砲は高初速、大威力の五〇口径一六インチ砲を採用し、これを三連装砲塔に収めて前部に二基、後部に一基と計九門を備えており、強力である。

艦体は全長二七一メートル、全幅三八・九メートル、基準排水量五万九一五〇トンと堂々たるもので、長さだけで言えばビスマルク級はおろか日本海軍の大和型戦艦をも凌ぐ。

これを最大出力二〇万一〇〇〇馬力の機関が、最大二八ノットで走らせる。

先の尖った鉛筆のような形状の艦橋構造物や全体に散在する印象の艦上構造物など、艦容はかつて懇意にしていたイタリア海軍の戦艦に近いかもしれない。

このソビエツキー・ソユーズ級戦艦は、現在までに一番艦『ソビエツキー・ソユーズ』と二番艦『ソビエツカヤ・ウクライナ』の二隻が竣工している。
三、四番艦の建造が進んでいるという事情もあるだろうが、新生ソ連海軍の象徴としてふさわしい二隻を首都近くの北洋艦隊ではなく、太平洋艦隊にまわしたのは、ひとえに戦局の影響と言える。
欧州方面の制海権はすでにソ連が手中にし、敵らしい敵は存在しない。ソ連海軍の主戦場は太平洋方面になると、クレムリンも考えたのだろう。

ナザレンコにとっては二重に好都合だった。

「先代たちの屈辱は必ず晴らしてみせる」

ナザレンコは鳶色《とびいろ》の目に強い意志をたたえた。

ナザレンコは代々軍人家系の出で、日露戦争、日本海海戦敗北の屈辱を繰りかえし聞かされてきた。そこで培った対日闘争心は、これまで悶々と胸中にくすぶるだけだったが、それがここに来て状況は激変した。

ナザレンコにとっても千載一遇の好機だった。

ただ、ナザレンコは純粋な軍人としての意識が強く、共産主義思想は乏しい。盲目的かつ狂信的にレーニンやスターリンを崇拝しているわけでもない。

対日闘争心は旺盛だが、対ドイツ戦で見られた非人道的で残虐な行為とは無縁でありたいと思っている。

そもそも人の遺体がごろごろ転がる凄惨な陸戦と違って、海戦は艦対艦、艦対航空機であって、生身の人間が直接介在しているという意識は乏しい。

しかし、いざ戦争となれば、手段を選ぶなという監視の目があった。

ナザレンコは政治士官セルゲイ・スモトロフ少

佐を一瞥した。政治士官とは海軍組織とは関係なく、中央から直接送り込まれる特任士官だ。

表向きは共産主義思想をより広く、深く、体現させるためのアドバイザーということになっているが、実際は主義、主張や行動が独裁政府の意に反している者がいないかどうかを常に監視して密告する、共産党本部直結の飼い犬である。

階級を超えた権限も与えられており、たとえ海軍の高官であっても政治士官に逆らうことは許されず、逮捕や処刑さえも実行する権限が与えられている。

当然、一般将兵からは忌み嫌われる対象となる。

特にスモトロフは前任地で冷酷非道で汚い手段もためらうことなく実行する男として、恐怖の対象だったという。

見た目も痩せ型で、吊りあがった目とこけた頬を持ち、表情は常に能面《のうめん》のように変わらない。兵たちは陰で「ジヤヴォール（ロシア語で言う悪魔）」と呼んでいるらしい。

「なにか」

「いや」

ナザレンコは豊かにたくわえた顎鬚《あごひげ》をなでて、ごまかした。

「貴官もこんな世界の反対側まで同行させられるとは大変だと思ってな」

「命令ですので。私は命令にしたがって動くだけです」

「そうか」

まったく人間味のない冷淡な響きだった。

表情ひとつ変えずに言いきるスモトロフに、はっきりとした嫌悪の感情を抱きつつ、ナザレンコは前を向いた。

長期航海は終わりに近づいているが、それは始まりにすぎない。

今のところ、日本に敵対する姿勢を見せてはいないソ連だが、対日戦の構想は水面下で着々と進んでいると聞いている。

イギリスとの戦争やアメリカとの争いの渦中に、日本が自然に巻き込まれる可能性もある。

独断で勇み足を踏むつもりはないが、いざ戦端が開かれれば、日章旗に向かってまっさきに切り込んでいくつもりのナザレンコだった。

一九四二年九月四日　宗谷海峡

伊号第一五潜水艦先任航海士飯原洋七兵曹長は、浮上した艦の司令塔で見張りの任に就いていた。

本土近海ということで、航海はすこぶる順調だった。頭を悩ませることもなく、目的の場所と時間に艦を導くことができた。補給の心配もまったくない。

だが、任務はきわめて重要なものだった。

対米開戦間近と一触即発の危機にあったとき、飯原は伊二潜の一員として、アメリカ海軍の最重要港のひとつであるサンディエゴ近海で哨戒にあたったが、そのときに匹敵する緊張感が艦を支配していた。

日本海軍は大きく四種類に分けて潜水艦を整備している。

遠洋作戦向けの巡潜、艦隊戦向けの海大型、局地戦向けの海中型、機雷敷設向けの機雷潜である。

伊一五潜はこのなかで巡潜の系列で新規建造が始まった乙型の一番艦だった。従来の巡潜系列の艦に比べて、安全潜航深度や速力が向上している。

本土近海とはいえ、長期間の従事が求められる哨戒任務は、大型で長大な航続力を与えられた伊一五潜にとって、うってつけの任務だった。

時刻は一六《ひとろく》五〇《ごまる》。

陽は西に傾き、燦々《さんさん》と降りそそいでいた昼の光は弱まっている。海上は徐々に薄暗くなり、夜の帳《とばり》が訪れようとしていた。

飯原は双眼鏡の接眼レンズに両目を押しあてた。

日本海軍も電波兵器の開発を進めているが、潜水艦に搭載できる小型の電波探知機、アメリカで言うレーダーの信頼性はまだ乏しく、探知距離も限られるので、哨戒と見張りには人の目が欠かせなかった。

飯原は引き締まった表情で「蟻一匹漏らしはしない」という集中した視線を全周に張りめぐらせた。

同期の村松晶吾や仁保健三郎には天然、おとぼけと称される飯原だが、それは艦を離れたときに限っての話である。

いざ軍務となれば、飯原は経験豊富で勘の鋭い軍人として、的確に任務をこなす頼りになる存在だった。

よい意味で極端な二面性を持つ男――それが飯原洋七という男であり、若い兵たちに慕われる上役だった。

まだ夏の面影が残る時期とはいえ、北海道と樺太の間にあり、北緯四五度を越える海峡の風はけっして温かくない。特に朝晩となると、冷たさを覚えるくらいである。

南方の殺人的な酷暑と比べると、世界は実に広いものだとあらためて感じる。

全長一〇八・七メートル、全幅九・三メートル、水上排水量二一九八トンの艦体は、ディーゼル推進でゆっくりと進んでいる。

潜航中は内燃機関であるディーゼル機関を動かすことができないので、バッテリー駆動となる。ただ、バッテリー駆動は非力で充電量に限界があるため、稼働時間が限られる。

そのため浮上中はディーゼル機関を動かして推進力を得るとともに、バッテリーの充電を行う。

魚雷発射管六門を集中配置した艦首が、北洋の海面を静かに切りわける。

次第に暗さを増す海上に変化はない。

飯原の双眸に映るのは、薄紫色に変わる空と灰色がかった海面だけである。

「伝令」

「はっ、先任」

飯原は振りむいた。

あどけなさが残る顔をした今野弘忠二等水兵が待つ。まだ見習いの段階にある若い兵だ。飯原の指示を待つ表情が、緊張でややこわばっていた。

「異常な（し）」

報告して切りあげようとする飯原の背中を、東風が叩いた。ぞくっとする、なにかの前ぶれを感じさせる風だった。

「異常なし。報告します」

「いや、待て」

行きかける今野の背中をつかんで、飯原は東に向けて振りかえった。

無風だった海上に風が出ていた。ベタ凪だった海面にさざ波が立っている。

明らかに状況は変わっていた。

双眼鏡をかまえて、再び水平線に目を向ける。

北から南へ、南から北へ、視線を走らせる。

「む！」

飯原の目が一点で止まった。

水平線から突きだした棒状の物体を、飯原は見逃さなかった。

マストだ。

「ちょっと来い」

飯原は手招きして今野に双眼鏡を渡した。顎をしゃくって、東の水平線を見るよう促す。

「……先任」

今野の声は震えていた。

マストは二本から三本へ、そして三本から四本へ増える。

独航船ではなく、明らかに艦隊と見ていい。

もちろん、味方の艦隊は今この海域にはいない。アメリカやイギリスの艦隊という可能性も皆無に近い。

「どうやら、お客さんがお見えになったようだ。大当たりだ。大当たり」

欧州で強大な力を得たソ連海軍が、南米のホーン岬経由で太平洋に有力な艦隊を送り込んだとの情報に接して、日本海軍はその捕捉に全力をあげていた。

艦隊の規模や編成によっては、重大な潜在的脅威になりうる。伊一五潜はその一環として、宗谷岬に展開した一隻だった。


太平洋方面でのソ連の活動拠点は限られている。ソ連艦隊が向かう先としては、港湾の規模や設備、特に冬季を考慮した地理的環境から、日本海の西北部に面した沿海地方南部のウラジオストックが最有力となる。

ソ連艦隊はアメリカや日本の勢力圏をなるべく避けるように北方航路をたどったとされており、北太平洋からウラジオストックへの航路は、オホーツク海をとおって樺太と大陸の間の間宮海峡を抜けるルートと、この宗谷海峡を抜けるルート、あるいは北海道と本州の間の津軽海峡を抜けるルートに絞られる。

そのなかで、ソ連艦隊は伊一五潜が受けもつ宗谷海峡に現れたのである。

問題はその内訳だ。

次第に艦容や陣容がはっきりしてくる。

駆逐艦らしい艦を露払いとしてしたがえている

大型艦は戦艦と思われる。駆逐艦と思われる艦に比べて三回りは大きく、主砲塔らしい大型の構造物も見える。

それが二列になって複数進んでくるようだ。

空母らしい艦影はない。板を洋上に浮かべたような、特徴的な低く構えた艦は見られない。

本能的には「急速潜航！　雷撃用意」といくところだが、ソ連はイギリスとは戦争中であるものの、アメリカや日本とは戦端を開いていない。

表向きソ連は「日本と敵対する意思はない」と表明している中立国である。

ソ連としては、欧州西部での戦争が片づくまでは、東部でいらぬ争いを起こしたくないという思惑と思われる。

心情的には、日本が放棄した満州をかすめとったソ連に、きつい一撃を見舞いたいところだが、ソ連艦隊は少なくとも今、敵ではない。

伊一五潜の任務は敵情把握であり、捕捉撃滅ではない。

（だとすれば、なるべく細かく正確に見極めてやるだけだ）

飯原は今一度、自分に気合を入れなおした。大きく息を吸って長く吐きだし、唾を飲み込んで、かっと目を見開く。

「先頭の戦艦は見慣れない型だな」

諸外国の大型艦の艦容は、しつこく頭に叩き込んでいるはずだが、そのどれにも該当しない艦だった。

三連装主砲塔を前部に二基積んだ戦艦は、イタリアのリットリオ級戦艦とドイツのシャルンホルスト級戦艦があげられるが、艦橋形状が明らかに異なる。リットリオ級の円盤を重ねた多層構造のものではなく、シャルンホルスト級の十字型をしたものでもない。

シャルンホルスト級の、艦橋前面に一基ついた特徴的な大型探照灯も見あたらない。

それが二隻、連なって進んでくる。かなりの大型艦だ。『長門』や『陸奥』より大きいかもしれない。

三隻めの艦はイタリアのリットリオ級と呼ばれる戦艦と思われる。

主砲配置や艦橋のほか、主砲塔の左右に三連装の副砲を配置しているのも特徴的である。これも複数連なっているようだ。

さらに、もう一列に目を向ける。

「英戦艦もか」

並列する戦艦の艦型は、すぐにわかった。

前のめりになった艦橋構造物のさらに上に、三脚檣の司令塔を載せた二重の前檣と、それを上まわる高さの三脚檣状の後檣を持つ艦は、R級と呼ばれるイギリスの戦艦である。

比較的旧式で改装を繰りかえしたためか、艦上構造物が凹凸の激しい形状に見える。

ソ連は、占領した国の艦艇をのきなみ接収して自軍に組みいれているとは聞いていたが、これほどのものとは戦慄を禁じえない。

しかも、艦艇そのものを手に入れたとしても、乗組員の養成と習熟にはかなりの時間がかかるはずのところを、ソ連はきわめて短時間で戦列に加えてきたことになる。

恐らく長期航海させつつ、それも慣熟訓練の一環とみなしたと思われるが、いずれにしてもかなりの戦力である。

「バルチック艦隊の再来か」

飯原はうめいた。

ソ連がこれほどの艦隊を太平洋に回航してきたことには、それだけの理由と目的が隠されているはずだ。なんの目論見もなしに、これだけの艦隊を動かすわけがない。

しかもソ連にとっては、首都モスクワやレニングラードなどの主要都市が集中する欧州方面こそが、優先地域のはずなのだから。

ソ連の矛先はどこに向かうのか。極東イギリス軍や、その拠点たるシンガポールやオーストラリアか。あるいは、また新たに戦線を広げようというのか。

「一難去って、また一難か」

大きな代償を払ってまで、せっかく対米戦を回避したのに、今度はソ連という新たな脅威が生まれた。

ソ連が直接日本に侵攻してくるとは考えにくいものの、ソ連とどこかの争いに日本が巻き込まれる可能性は否定できない。

なにせ極東ソ連軍のすぐ目の前にいるのが、自分たち日本なのである。

そう考えれば、潜在的脅威は少ないに越したことはない。ここは一隻でも二隻でも、その脅威を減らしておくべきではないか。

しかも相手の様子は、対潜警戒にはほど遠い。

(いかん、いかん)

飯原は頭を左右に振って、いらぬ誘惑を振りはらった。

自分たちの任務は敵情把握だ。自分たちがここで軽率に動けば、それこそ日ソ戦という導火線に火をつけることにもなりかねない。

考えようによっては、ソ連はあえて無防備なところを見せて、そうした誘いをかけていると考えられないこともない。

まもなく伊一五潜から緊急信が飛んだ。

「我、ソ連艦隊とおぼしき大規模な艦隊を見ゆ。艦型不詳の戦艦二。リットリオ級およびR級含む戦艦四。巡洋艦、駆逐艦多数。空母は伴わず」

つかんだはずの平和は、一時のまやかしにすぎなかったのか。

国際情勢という薄弱な地盤にのったそれは、もろくも音をたてて崩れていく。

その先にあるのは、戦争という混沌。

遠ざかったはずの戦乱の足音が、再びひたひたと忍びよる。

今日の友は明日の敵。敵の敵は新たな敵。安息のときや安住の地はない！　流したはずの血はすぐに乾き、戦争という名の魔物は、また新たな生き血を求めてさまよう。

そのとき、男たちは再び大きな決断を迫られる。

苦悩と現実、理想と幻想の先にある明日とは……。

第5章　錯誤の戦火

一九四二年九月一四日　シドニー

欧州全域の制海権を握ったソ連軍は、この夏いよいよイギリス本土への上陸作戦を開始した。

イギリス政府は連邦の一員であるオーストラリアへと逃れ、南東部のシドニーを拠点として亡命政府自由イギリスを立ちあげた。

自由イギリス政府は本国脱出に成功した軍と、もともとインドやマレーに展開していた軍などを合わせて自由イギリス軍を編成し、反攻の機会をうかがっていた。

その自由イギリス軍にとっても、ソ連艦隊の太平洋回航は大きな脅威に映っていた。

弱小な沿岸海軍のはずだったソ連海軍が、急速に強大な外征海軍になりつつあった。

さらに、自分たちから奪われたR級戦艦までが太平洋方面に回航されたという情報は、自由イギリス海軍を震撼させるに足るものだった。

海軍首脳部と外相らは、自由イギリス首相ウィンストン・チャーチルの下に集い、対策協議に追われていた。

「ウラジオストックに入港したソ連艦隊に、まだ動きはありません」

自由イギリス海軍司令官バートラム・ラムゼー大将の報告に、一同はうなずいた。

今さら言うまでもないが、地球を半周した後である。補給はもちろん、乗組員の休養も十分にとらないと、戦えるものも戦えなくなってしまう。

「奴らとて四〇年前の教訓を忘れてはおるまい」

チャーチルが指摘したのは、日露戦争の際にバルト海からはるばる日本海へ遠征したロシア・バルチック艦隊のことだった。

劣勢に陥った太平洋艦隊を救うため、皇帝の命令で欧州を発ったバルチック艦隊だったが、その長期航海は困難を極めたという。

当時の戦闘艦艇は現在と比較して低速で、そもそもが気の遠くなるような日数を要したこと、主燃料が石炭の時代だったために燃料の積み込みや運搬、使用のすべてが重労働で非衛生であったことなどから、極東方面に到達したときはすでに乗組員は疲労困憊で、暴動寸前にまで士気も下がり、とても戦える状態ではなかったという。

その結果、世界最強の戦力を誇っていたはずのバルチック艦隊は、ベスト・コンディションの日本海軍連合艦隊に一方的に撃ちまくられ、完敗を喫したのである。

「ソ連の狙いは、今もって判然とせぬ。我々を追って攻めてくるのか、あるいは日本やアメリカを新たな標的として動くのか」

「外交ルートでも有用な情報は得られていません」

難しい表情のチャーチルに答えたのは、外相アンソニー・イーデンだった。

本国を事実上失ったことで、イギリスの外交力が低下したことは否めなかったが、イーデンは個人的に培ってきた人脈を含めて、自由イギリスの対外発信力確保と地位や威信の確立に腐心していた。

「ソ連が日本を敵視した行動をとるかどうかといったこともありますが、日本を取り込むという可能性も真剣に考える時期にきていると思います」

　自由イギリス艦隊司令官フィリップ・バイアン中将が問題提起した。当然、初めてあがった議題ではない。しかしながら、自由イギリスもなかなか「決定打」を放つことができずに、ここまで至ってきたというのが実状だった。

　もっと踏み込んで行動すべきだというのがバイアンの姿勢であり、それは軍事行動も辞さないことを示唆していた。

「今回のソ連艦隊の戦力に、さらに日本艦隊が加われば一大事です。脅威は倍加します」

「日本政府の姿勢は？」

「日本はソ連と敵対する意思はないが、協力して戦うつもりも毛頭ない。それが日本政府の公式見解で変わりはありません」

　チャーチルの視線に、イーデンはこくりと頭を下げた。すかさずバイアンが反応する。

「自分はそうしたことを申しているのではありません。日本艦隊が自分の意思にかかわらず、ソ連海軍に取り込まれる可能性があるのではないかと、指摘しているのであります」

　チャーチルがうなった。

「その可能性も高まっていると考えるべきかもしれません」

　ラムゼーも頬を引きつらせて懸念を表した。

「日本がソ連ではなく、我々と組めばよいのだが」

「日本は厳正中立を宣言しています。それはありえません。ソ連を刺激するような行為は極力避けるはずですし」

　イーデンの言葉にチャーチルは再びうなった。問題は次々と浮かぶのに対して、解決策はなんら見いだせない。

　フラストレーションばかり溜まる毎日だった。もともと薄かった頭髪は次々に抜けおちて、ほとんどなくなってしまっている。顔色もさえず、顔中に皺も増えてきている。

「ソ連が日本に宣戦布告せずとも、恫喝によって艦隊の譲渡あるいは分与を要求するというシナリオだな」

確認するラムゼーに、バイアンは大きくうなずいた。

「日本はアメリカの脅迫に屈して、先代や先々代が苦労して手に入れた大陸をあっさりと手放すような国です。ソ連がひとたび恫喝すれば、それを跳ねかえす勇気はないでしょう」

「それはまずい！」

ラムゼーの声が一段と大きくなった。

「精神性はともかく、日本にはかなりの海軍力がある。ただでさえ強力なソ連艦隊に、海軍力では一大勢力である日本艦隊が取り込まれれば、それこそ取りかえしのつかない事態になる」

「たしかに、そこが厄介なところですが」

バイアンは白髪を撫でた。

「自分にお任せください。ソ連に渡る前に力づくでも我らにしたがわせてみせます」

「そうできるのならいいが、相手は日本海軍だぞ。一、二年前の我らならともかく、今の手持ち戦力では荷が重くないか」

「なあに、恐れることはありませんよ。所詮、日本海軍など我々の弟子のようなものです。我々の手助けがなければ、連中はいまだに僻地の三流海軍だったはずです。それに」

バイアンは微笑した。

「なにもクレを襲って主力を根こそぎいただこうなどと、馬鹿な気は起こしません。戦隊単位で取り込むつもりでいけば、今の我々の戦力でもさほど苦にはなりますまい」

「したがわない場合はどうする？」

考えられる可能性は、すべて想定しておきたいラムゼーだった。それが現場の長であるバイアンと組織全体を見るラムゼーとの違いだった。思惑どおりにいかない場合の対策も、当然用意しておくべきだ。

「その場合は沈めるまでです。敵の手に渡るならば、その前に無力化しておくほかありません」

「それは最後の手段だ」

そこで、チャーチルは大きくかぶりを振った。否定こそしなかったが、強硬手段ばかりでは駄目だという、チャーチルの戒めだった。

「本国を出ている今、我々の資金力や生産力には限りがある。それを忘れてはならん。戦力は極力維持したままで、作戦は成功させねばならん。だから、まず先にやるべきことがある。外相」

チャーチルはイーデンに指示を出した。

「日本政府に再度交渉を持ちかけよ。同盟のハードルは高いだろうから、戦時協力でいい。いざというときは我々の側に立つという意思表示さえあればな。譲歩も必要だろう。そうだな……」

チャーチルは数秒間、顎をつまんで思考した。

「一連の戦争終結後には、中部太平洋の島嶼《とうしょ》地帯の譲渡、南アジア方面の協同統治の用意があると伝えよ」

「仰せのとおりにいたします」

頭を下げるイーデンの表情は硬かった。

できることならば、自分もそうなってもらいたい。だが、日本にその意思があるならば、これまでの過程でとっくに外交成果が得られているはずだった。

何度やっても同じだ。恐らく今回も。条件の問題ではない。実現の可能性はきわめて乏しいと、イーデンは悲観的だった。

それを見透かしてバイアンは挙手した。

「あくまで日本が拒絶した場合は？」

「好きにしろ」

「承知いたしました」

チャーチルの言質《げんち》を取って、バイアンの碧眼が怪しく閃《ひらめ》いた。

ソ連海軍太平洋艦隊の回航とイギリス政府のオーストラリア亡命とによって、戦争回避で籠城する日本の外堀と内堀は埋められた。

日本は、いよいよ世界大戦の火の粉を払いのけがたくなってきたのである。

一九四二年一二月一六日　トラック近海

第一水雷戦隊旗艦軽巡洋艦『阿賀野』は、補充の駆逐隊一隊を引きつれて、内南洋のトラック環礁へ向かう途中だった。

すがすがしい朝日が東の空に昇っている。海面は赤く染まり、夜の闇は完全に追いはらわれている。かといって、南方の強烈な日差しが注ぐにはまだ早く、海上を渡る潮風もまた心地よい涼しさだった。

「今日の正午までにはトラックに到着できるな」

遠距離の航海も終わりが見えて、乗組員の表情は明るかった。

現地に到着すれば、多少の休みくらいできるはずだ。上陸許可もおりるだろう。

カロリン諸島の東端にあるトラック環礁は、本土以外では日本海軍最大の拠点であり、ちょっとした繁華街もある。

たまった疲れをいやすには、もってこいだ。

そんな穏やかな朝の静寂は、けたたましい緊急警報によって破られた。

「総員、戦闘配置！　総員、戦闘配置」

「せ、戦闘配置!?」

第一砲台長村松晶吾兵曹長は、飛びあがるようにして頓狂《とんきょう》な声をあげた。

真っ黒に日焼けした顔のなかで双眸がまばたきを繰りかえし、首が大きく曲げられる。

部下たちも一様に驚いた顔をして固まっている。

なにせ日本は戦時にはない。一時、アメリカと一触即発の危機に陥ったが、それもハル・ノート受諾で脱した。

ソ連の脅威は増しているが、それも実戦を交えるにはまだ遠く、しかもここはソ連とはほど遠い南方である。

世界中どこを探しても、日本の敵国はないはずだった。

しかし、誤報ではないようだ。

「これは訓練にあらず。繰りかえす！　これは訓練にあらず」

騒然とする艦内で、村松は思考を切り替えて声を張りあげた。

「配置につけ！　もたもたするな。砲戦用意だ。急げ」

いざ戦闘となれば、勝敗を左右するのは初動だ。先制できればなおいいが、少なくとも自分たちが主導権を握って、自分の土俵に敵をのせることが勝利への近道となる。

休暇だ、遊びだというのはもうどこかへ吹き飛んでいた。

村松の目は、戦う男のそれに変わっていた。

足下に伝わる振動が高鳴り、艦の揺れが大きくなった。機関が出力をあげて艦が加速しはじめたのである。

この先でなにが起こっているのか。

村松らがそれを目にするまで、そう時間はかからないはずだった。

トラック環礁で「敵」と対峙していたのは、戦艦『大和』以下、総勢数十隻の艦隊だった。

外海と隔てられた穏やかな海面で身体を休めていたはずの各艦は、まるでたたき起こされたように抜錨《ばつびょう》して緊急事態に応じている。

「相手は戦四、巡五、駆逐艦多数」

「うむ」

報告に『大和』艦長松田千秋大佐はうなずいた。

「しかし、英国もえげつないことを。ともに戦わぬのならば艦を渡せとは言語道断。これが紳士を自認する者たちのやることとは、聞いて呆れますな」

航海長瀬戸喜久太中佐が、憤慨した様子で吐きすてた。

「しかも、よりによって長官不在のときに」

環礁の外で蠢《うごめ》く艦隊は、自由イギリス海軍の艦隊だった。

自由イギリス艦隊は、環礁内の日本艦隊に降伏と接収を迫ったのである。

(向こうはこの時機を狙ってきたのかもしれん)

瀬戸は長官不在の不運を嘆いていたが、松田は敵の意図を深読みしていた。

自由イギリス艦隊は有力な艦隊ではあるものの、単純な戦力比較では自分たち日本海軍連合艦隊に遠く及ばない。

そこで、あえて戦力分断の機会を好機ととらえて、かねてからの計画を実行に移したとも考えられる。

実は、自由イギリスが共闘もしくは接収を要求してきたのは、これが初めてではない。ソ連艦隊の太平洋出現直後から外交ルートで打診があった。

日本はもちろん拒否した。

日本はいかなる国とも組まない。ソ連と戦うつもりはないし、かといってソ連と組んで、ましてや傘下に入って他国と戦うつもりもない。

日本は他国を侵略しない、他国の侵略を許さない。独立独歩と専守防衛を掲げた日本の、当然の選択だった。

そのころから自由イギリスには、こうした武力行使による強硬論がくすぶっていたと考えれば、それほど不自然な話ではなくなる。

(ただな)

そこまでする必要があるのかと、松田は首をひねった。本土を追われて、自由イギリスは焦りすぎているとしか思えない。

自分たち日本海軍は、たとえソ連の圧力を受けたとしても、それに屈して同化することなど絶対にない。それがあると考えているとすれば、それは錯誤以外のなにものでもない。

もちろん、こうした姿勢は自由イギリスに対しても同じだ。


(我々は屈しない)

自由イギリス艦隊は徐々に接近している。

海面から四〇メートル近い高さにある昼戦艦橋からは、近づくそれらを一望できた。

艦隊の真ん中にいる大型の艦は、キングジョージV世級の戦艦と見て間違いない。

四連装の主砲塔とがっしりとした箱型の艦橋構造物が特徴的である。

その後ろに続いているのは、ネルソン級の戦艦と思われる。

こちらも艦容は特徴的であり、艦の前部に主砲塔三基を集中して、艦橋構造物が艦の後ろに大きく寄っているので判別は容易だ。

そこからやや離れた海面にも、戦艦らしい大型艦が一隻いる。

それに対して、自分たちは戦艦が『大和』一隻のみで、そのほか大多数が駆逐艦以下の小艦艇である。かろうじて第六戦隊の古鷹型重巡四隻がいるものの、古鷹型重巡は日本海軍の第一線にある重巡ではもっとも旧式で攻防性能も劣る。

現れた自由イギリス艦隊に比べれば、現有戦力は明らかに劣勢だ。

「第六戦隊司令部からの指示は?」

「『上層部の返答を待て』ときて以来、返答ありません。英艦隊には退去を求めているようですが、応じないようです」

現在ここにある艦隊のなかで、最先任は第六戦隊司令官の五藤存知少将ということになる。連合艦隊司令部不在の今、五藤司令官が全体の指揮を執るのが通例である。

しかし、五藤司令官は現場の裁量で動くのではなく、あくまで連合艦隊司令部か軍令部の指示を仰ぐつもりらしい。

ここでの武力衝突が、対英全面戦争につながる可能性もゼロではない。もしそうなった場合、「対英戦争の引き金を引いた男」とのレッテルを貼られるのを恐れているのかもしれない。

「『武蔵』も『長門』もいない、一航艦は演習中、一水戦も編成途上では、八方塞がりですなあ」

頭を抱えんばかりの瀬戸を横目に松田は命じた。

「第六戦隊司令部あてに発光信号。『ただちに応戦の準備要ありと認む』」

次いで昼戦艦橋をぐるりと見まわし、艦内電話をとる。

「艦長より砲術。主砲上げ。砲戦用意」

「よろしいのですか」

「構わん」

不安げな瀬戸に松田は即答した。

戦う意思がないことを示す意味で、砲身は俯角《ふかく》をかけ、あるいは砲塔そのものが背を向けるところを、松田は大胆にも砲を向けるよう指示を出したのである。

一戦も辞さずということだ。

「答えは決まっている。考えるまでもない。恭順の意思を示すことはなかろう。

自分はこの『大和』を預かっている。『大和』の責任者として、死んでもこの艦は渡さん。力づくでくるというならば、こちらもそれに応じるまでだ。航海長、右回頭、六〇《ろくまる》」

「……はっ」

ためらいながら瀬戸も応じる。

松田は人一倍大きな責任を負っていた。

米英海軍に比べれば、日本海軍は航空に注力してきたものの、艦隊編成は航空一辺倒になることなく、バランスをとるように配慮してきた。

空母『翔鶴』や『瑞鶴』が航空主兵の象徴だとすれば、大艦巨砲主義の象徴として『大和』と『武蔵』が存在するのである。


自分たちが全力を傾注して造りあげた『大和』を手放すことなど、絶対にあってはならない。

松田が言うように、大和型戦艦は四年あまりもの歳月をかけて日本海軍が建造した至宝といえる艦だ。持てる技術の粋《すい》を結集して造りあげた結晶と呼んでもいい。

（これで諦めてくれればいいのだがな）

『大和』は全長二〇メートルを超える長い砲身をいっせいに振りあげた。

世界を見渡しても例のない直径四六センチの大口径砲口が、ぎらりと天を睨む。

力自慢の剣豪が大太刀《おおだち》をかまえたかのようだ。

艦首がゆっくりと時計まわりに回頭する。反りあがった前甲板が陽光を反射し、両舷に巻きあげられた主錨から水滴が滴《したた》りおちる。

右回頭に伴って、ちょっとしたトーチカを思わせる主砲塔三基は、ゆっくりと左舷を向く。

日本海軍の戦艦では初の三連装主砲塔は、大型駆逐艦一隻分もの重量に匹敵し、圧倒的な存在感を放っている。

これで『大和』の主砲九門は、すべて目標を射界に捉えた。

松田の号令一下、すぐにでも未曾有《みぞう》の巨弾を叩きつけることが可能である。

（どうやら、諦めるつもりはないようだな。我々がソ連につくことなど、逆立ちしたってありえんだろうに。疑心暗鬼の末の錯誤か。残念だ）

自由イギリス艦隊も砲戦に適した単縦陣を敷いて、横腹を向けつつあった。

『大和』と同様に、火力を最大に発揮できる態勢である。

遠目にははっきりと見えないが、各艦とも主砲身に徹甲弾を装填して仰角《ぎょうかく》をかけているはずだ。

「発砲を確認したら、こちらも全力で敵を叩く」

ここで、松田は初めて「敵」という言葉を使った。

両艦隊は環礁を挟んで睨みあう。

そこには、交渉の余地も妥協もなかった。

緊迫した空気は、容赦なく将兵の身体を締めつける。いざ砲門が開かれれば、ここにいる何人かには、確実に死が訪れる。それは自分か、隣人か。

鼓動は高鳴り、立ちどまれば不安と恐怖が脳裏をよぎる。

だが、後戻りすることは許されない。自分を信じ、自分の大義にしたがって前に進むしか……ない！

愛する者の顔を瞼《まぶた》の裏に見ながら、男たちはゆく。武力衝突という限界点は、もう足下まで迫っていた。

自由イギリス艦隊司令官フィリップ・バイアン中将は将旗を掲げた戦艦『プリンス・オブ・ウェ

ールズ』の艦上から、対峙する日本艦隊の様子を凝視していた。

「おとなしく投降すればよいものを」

自分の名で発した降伏と接収の要求に、日本艦隊からはいまだに返答がない。

本国の司令部に慌ててお伺いをたてているのかもしれないが、すぐに返事をよこさないところを見ると、受けいれる可能性は乏しいということだろう。

「我々の要求を拒否するとは、極東の後進国が生意気な」

バイアンはプライドとエリート意識の塊のような男だった。本国を追われたといっても、大英帝国にはまだまだ絶大なる世界的影響力があるし、その海軍力も世界中に睨みを利かせるに足るものだと、バイアンは信じていた。

「身分をわきまえぬ者には、裁きの鉄槌《てっつい》を下さねばなるまい」

この時点までに、バイアンにとっての任務の目的と解釈は変質していた。

日本艦隊を取り込む。それはいい。取り込めない場合は、実力をもって無力化する。

しかし、それはソ連に渡るのを阻止するためではなく、自分にしたがわないための制裁である。

それが、バイアンの私的解釈だった。

「タイムリミットだ。日本艦隊からの返答は？」

「ありません」

「よし」

参謀長アシュリー・エディソン少将の返答に、バイアンは意味ありげに微笑した。

「全艦、砲撃開始。あれは敵だ。叩きつぶしてしまえ」

艦上に閃く発砲炎は、はっきりと視認できた。

独特の甲高い飛翔音に続いて、美しく澄んだ海面が断ちわられる。

「撃ってきた！」

二発、三発と弾着は続く。

白濁した水柱が高々と突きあがり、それが崩落したところに、また別の弾が着弾して海水をかきまわす。

「艦長……」

「まだだ。ただの威嚇かもしれん」

『大和』艦長松田千秋大佐は、第六戦隊旗艦『古鷹』を横目で見ながら答えた。

『古鷹』からは、しきりに「我、敵対の意思あらず。即刻砲撃を止められたし」と発光信号が送られている。

「発砲を確認したら、こちらも全力で叩く」と一度は言ったものの、上級司令部から応戦の指示は出ていない。いざ、独断で発砲の指示を出すかどうかとなると、松田にも葛藤があった。

『大和』は九門の主砲身を振りおろすことなく耐える。

まだ直撃弾はない。至近弾もない。

しかし、自由イギリス艦隊の砲撃は止むどころか、ますます勢いを増してきた。

巨弾が陽光を遮り、共鳴する砲声が環礁を揺さぶる。

そして……。

「『朝雲』に直撃弾！」

駆逐艦『朝雲』が一撃で炎の塊に変わった。

艦橋構造物と前部の主砲塔が跡形もなく粉砕され、紅蓮《ぐれん》の炎がマストと後部主砲塔を飲み込んでいる。

『大和』の周囲にも弾着が相次ぐ。

艦尾のカタパルトを海水が洗い、海底から掘りおこされた堆積物が左右のバルジを叩く。

「これはもう警告でも脅しでもない！」

「向こうは本気で我々を潰しにかかっています！」

「第六戦隊司令部は、なにをしているんだ！」

「やむをえんな」

この期に及んでまだ発光信号を送りつづけている第六戦隊司令部を、松田はついに見限った。

「座して死を待つわけにはいかん。応戦するぞ」

「はっ」

航海長瀬戸喜久太中佐ら、昼戦艦橋に詰める全員が姿勢を正した。

「砲術長、目標敵一番艦。撃ち方始め」

『大和』は敵一番艦『プリンス・オブ・ウェールズ』への射撃を開始した。

一方、『プリンス・オブ・ウェールズ』は『ネルソン』『ロドニー』とともに『大和』に砲撃を集中した。

幸い、トラック環礁は縦横五〇キロメートルもの広大な範囲に及ぶ。暗礁に注意は必要だが、ある程度航行の自由は確保できる。

前方に大きく突きだした艦首が激しく揺らぐ海面を乗りきり、大人三人分の背丈にもあたる直径五メートルのスクリュー・プロペラが巨大な水塊を蹴りだす。

至近弾炸裂に伴う水柱を振りはらうようにして発砲炎が噴きのび、朦々とした水蒸気が海上に立ち込める。

「左舷中央に直撃弾。損害なし」

「第一主砲塔に直撃弾。損傷なし」

「よしよし」

松田は満足げにうなずいた。

発砲開始が遅れたぶん、さすがに先手は敵にとられたが、敵の命中弾はいずれも『大和』が誇る分厚い装甲を貫くことができなかった。

第一主砲塔に命中した一発は、火花を散らしながら滑っていくのが見えたほどだ。

敵は三隻と多いが慌てることはないと、松田は自分に言いきかせた。

敵戦艦の主砲口径は一四インチと一六インチ、すなわち三五・六センチ砲と四〇・六センチ砲のはずである。四六センチ砲を持つ『大和』からすれば格下だ。

状況からして、敵の射程外から一方的に撃ち勝つということはできないが、攻防性能の質で優る艦で、敵の数を凌駕するという大和型戦艦の建艦思想の正しさをここで証明することは、大きな意義を持つと松田は考えた。

なにせ、その根幹となる四六センチ砲の搭載は、軍令部員時代に松田が提唱したことである。

『大和』の初弾が弾着し、一部から感嘆の息が漏れる。

突きあげた水柱はキングジョージV世級戦艦のマストをも超えて、天高く昇っている。

『長門』や『陸奥』と比べても明らかに桁違いのものであり、標的があらわになると、あらためてその凄みが感じられる。

敵戦艦の乗組員も度肝を抜かれたことだろう。

「当たらねば、なんの意味もない」

松田は場の雰囲気を引き締めた。

たしかにどれほどの威力を秘めようが、命中しなければ、敵に損害は与えられない。

事実、敵は反撃の砲火を閃かせつづけている。

しかし、砲術を専攻してきた松田は、初弾命中など原理的にまずありえないことだとも理解していた。

照準は上出来だ。方位は多少ずれているが、距離は悪くない。弾着は目標の先だったが、ほぼ真横に位置している。

砲術長は基本に忠実に、各砲塔一門ずつの交互撃ち方を選択したようだ。一射めの右砲に続いて、二射めは三連装の真ん中にあたる中砲三門が砲声を轟かせる。

(うまくいけば次、悪くてもその次には夾叉弾《きょうさ》が得られそうだな)

艦砲射撃は公算射撃の一種である。複数の砲弾を撃ちだすが、それは一箇所に集中して着弾するわけではなく、散布界と呼ばれる一定の範囲に散らばって着弾する。

艦砲射撃はこの散布界を一射ごとに移動させて、目標をそのなかに包み込むように続けていく。

散布界のなかに目標をつかまえて、砲弾が目標の前後左右に着弾したものを夾叉弾と呼ぶ。夾叉弾が得られれば、それが目標に当たるかどうかは単純な確率の問題になるのである。

その松田の見立ては、思わぬ形で覆された。

快調に進んでいたはずの砲撃が鈍った。初めは多少装填かなにかで手間取っているのかと思ったが、事態ははるかに深刻だった。

「砲術より艦長。測距儀がやられました。主方位盤、旋回不能」

「なんだと!」

松田は目を剥いた。

艦橋最上部の射撃指揮所に併設された測距儀と方位盤は、砲戦における目のようなものである。

いかに砲が健在で強力であったとしても、目を潰されてはまともな砲撃などできはしない。

「予備射撃指揮所に射撃管制を切り替えます」

「了解」

こうした突発事項に備えて、『大和』は後檣に予備の射撃指揮所を備えているものの、設置位置は低く、測距範囲、精度とも低下することは否めない。

初め、それは被弾したとも感じない、些細なものでしかなかった。

たしかに頭上で異音がしたような気はしたが、艦の揺れはほとんどなく、発砲の反動のほうが強いくらいだった。

しかし、被弾はピンポイントで『大和』の泣きどころを襲った。

艦橋最上部をかすめた敵弾は、基線長一五メートルの測距儀を破壊するとともに、方位盤を故障させて『大和』の砲戦能力を大きく削いだのである。

痛恨の被弾だった。

敵はそれを知ってか知らずか、かさにかかって砲撃してくる。

『プリンス・オブ・ウェールズ』が前後計一〇門のMk7四五口径一四インチ砲を猛《たけ》らせれば、『ネルソン』『ロドニー』は前部に集中させたMk1四五口径一六インチ砲から、重量九二九キログラムの徹甲弾を初速七九七メートル毎秒で叩きだす。

「第三主砲塔に直撃弾、損害なし」

「左舷中央に直撃弾、損害なし」

「右舷艦尾に至近弾、損害軽微」

まだまだ致命傷はないが、主射撃指揮所への被弾という一件もある。

『大和』といえども、全身すべてを分厚い装甲で覆っているわけではない。このまま被弾を繰りかえせば、どんなアキレス腱が露呈するかもわからない。

第六戦隊も反撃に転じているが、完全に焼け石に水の様相だ。降りそそぐ敵弾の数と頻度は、さらに増えたようにさえ感じられる。

『大和』もけっして完璧な存在ではないと、思い知らされた気がした松田だった。

こうなると、敵の「数」もはっきりとした脅威となってくる。

そこで、松田は頭を左右に振った。

必要以上に弱気になることはない。『大和』はまだはっきりと劣勢に陥っているわけではない。ましてや、沈められかかっているわけでもない。

負のスパイラルに陥りかねない思考を、松田は自信と信念とをもって強引に引きあげた。

自分を信じ、『大和』を信じる。

そこからだ！

不安材料をあげるのではなく、ここでなすべきは、状況を好転させるための一手を繰りだすことである。

血が騒いだ。

危機感を覚えさせられたことで、松田の明晰な頭脳は切れ味を増していた。

『大和』ならば、他艦に真似のできない荒療治も可能だ。理論派の松田は、すぐにその解答を導きだしていた。


健在な敵戦艦が見えたところで、味方が優勢という淡い期待は吹きとんだ。

（さすがの『大和』も敵戦艦三、四隻が相手となれば手に余る、か）

軽巡洋艦『阿賀野』第一砲台長村松晶吾兵曹長は、測距儀の限られた視野から戦況を見つめていた。

これまでに第一水雷戦隊司令官高橋伊望少将から、「敵は自由イギリス艦隊であること」「自由イギリス艦隊はトラック駐留の我が艦隊に降伏と接収を迫り、拒絶されるとみるや攻撃を加えてきたこと」が、将兵に向けて知らされている。

司令官の決断は「全力で敵艦隊を叩く」である。

当然、村松ら将兵も同じ思いだ。

自由イギリス艦隊の横暴は目に余る。なにゆえ自分たち日本海軍の艦隊が、亡命イギリス政府の艦隊に降らねばならないのか。

　不当な要求を拒否されたと思えば、今度は叩きつぶそうと攻撃してくるとはなにごとか。

　完全に「売られた喧嘩は買う」の状態である。

（しかし、俺たちがたまたま外に出ていたのが幸いしたな）

　村松は鉄砲屋であるが、『阿賀野』と第一五駆逐隊の駆逐艦四隻『黒潮』『親潮』『夏潮』『早潮』――いわば一水戦支隊の最大の武器は雷撃だ。

　日本海軍の魚雷は、弾頭直径が五三・三センチの他国海軍の魚雷に比べて三回りは大きい直径六一センチのものが基本で、それだけ炸薬量が多く、高威力で射程も長い。

　日本海軍の中小型艦艇は雷撃に力を入れており、発射管や搭載魚雷の数で世界平均を大きく凌駕していた。

　また、燃焼ガスに純粋酸素を用いることで、高速、無雷跡を実現した酸素魚雷は、日本海軍の秘匿兵器だった。

　この雷撃力があれば、敵戦艦にひと泡もふた泡も吹かせることができるはずだ。

　しかし、もし自分たちが環礁内にいれば、当然環礁を越えての雷撃など不可能である。

　内地からトラックへ向かう途上だったのは、不幸中の幸いだった。さらに、不意に飛び込んでの奇襲効果も期待できる。

（おや？）

　艦は速力を落とした。環礁に沿うように、慎重に針路を取っているように思える。

　司令官は、最短距離で戦場に乱入して敵の動揺を誘ったり攪乱《かくらん》したりするのではなく、敵に忍びよっての不意打ちを狙うようだ。

　村松は知らなかったが、それは敵の電探による探知を逃れるための手段だった。

背後に障害物があると、電探はそれと区別して見ることができないことが多い。あとは、どこでどう飛び込むかだ。

あまり時間をかけすぎると、劣勢の味方が持ちこたえられない可能性が出てくるし、かといって不用意に近づけば、敵に発見されて雷撃の機会を失いかねない。

必中を狙うならば、雷撃は近ければ近いに越したことはない。

ただ、これらは村松が関与できる問題ではない。准士官にすぎない村松としては、状況を正確に把握しつつ、第一砲台長として自分が受けもつ砲塔の射撃が最大限機能するように管理、監督するまでだ。

水雷戦隊旗艦としての最大の役割は、配下の駆逐艦の進路を切りひらくことである。

言いかえれば、立ちはだかる敵艦を蹴散らして射点に導き、雷撃させるということになる。

それは村松ら鉄砲屋の仕事である。

『阿賀野』らは環礁を背負いつつ、東側からそろりそろりと接近する。

敵味方とも視界に入りながらの、我慢の時間が続く。砲塔のなかは案外静かなもので、艦が立てる波の音や戦艦があげる砲声もさほど気にならない。

ただ、それがかえって気持ちを先走らせる。

敵にいつ見つかるかと、ひやひやしながらの時間は心臓に悪い。

どこまで行くのか、司令部は雷撃の角度と時機も計算して、飛びだす頃合いをはかっているはずだ。

(ついてきているのだろうな)

村松は後続しているであろう『黒潮』ら四隻の駆逐艦に思いを馳《は》せた。

『黒潮』らは軍縮条約明けに日本海軍が整備を進めた艦隊型の大型駆逐艦陽炎型に属する艦だ。

全長一一八・五メートル、全幅一〇・八メートル、基準排水量二〇〇〇トンの艦体に、五〇口径三年式一二・七センチ砲連装三基六門と六一センチ四連装魚雷発射管二基を中心線上に配置している。

それを最大出力五万二〇〇〇馬力の艦本式衝動タービン二基が最速三五ノットの快速で走らせる。

武装は前級『朝潮』型と同等だが、軍縮条約による制限を振りはらったことで、実に三割以上延伸した五〇〇〇海里にのぼる航続力と、出力を増した改良機関の搭載と艦尾形状の改良で若干の速力向上を実現したこと、次発装填魚雷の配置をあらためて誘爆対策に信頼性を持たせたことなどが特徴である。

しばらくして艦が大きく取舵に転舵した。艦首が大きく左に振られ、砲塔内にいる村松らも右への遠心力を感じた。

いよいよだ。

「準備はいいな」

「はい！」

「はいっ！」

念を押す村松に、部下たちの小気味よい声が返ってくる。

砲弾、装薬とも装填済みだ。

あとは発砲の指示が砲術長からおりれば、すぐさま砲撃を始めることができる。

「砲術より各砲塔へ。各個射撃！」

「了解」

(そうこなくては)

砲術長の指示に村松はほくそ笑んだ。

各個射撃というのは、射撃指揮所での方位盤射撃、すなわち各砲塔を射撃指揮所で一元管理しての統制射撃ではなく、砲塔ごとに目標選定や発砲の機会を任せるということだ。

村松としては自分の裁量が増して、腕の見せどころということになる。

目的は敵艦の撃沈ではなく、あくまで排除である。一隻にこだわるのではなく、砲塔の数だけの敵を相手取ることを優先するという砲術長の判断である。

『阿賀野』は速力を上げた。

最大出力一〇万馬力の艦本式タービンがうなりをあげ、全長一七二メートル、全幅一五・二メートル、基準排水量六六五二トンの艦体が加速する。

足下から伝わる振動と艦の動揺の高まりに、はっきりとそれが感じられる。

（いよいよ突撃態勢に入ったか）

『阿賀野』は旧式化した球磨型や長良型に代わって水雷戦隊の旗艦となるべく建造された新世代の軽巡だ。

その間、二〇年間の技術的進歩が反映されているのは当然だが、それは一本にまとめられた誘導煙突や中心線上に配置された主砲塔、凌波性に優れた強いシアーのついた艦首などの外観にも顕著に表れ、洗練された艦容を造りあげている。

全体的に曲線が多用された艦容は、直線的な箱型の艦体に直立した三本煙突と半円形の艦首をとってつけたような旧式軽巡とは、まさに隔世の感があった。

敵はすぐには気づかなかった。環礁内の味方戦艦との砲戦に気を取られているようだ。

巡洋艦は戦艦と並んで砲撃を繰りかえしており、駆逐艦もこちらに向かってくる気配はない。

よもや環礁の外に別動隊がいるとは思わず、潜水艦の接近に神経をとがらせているのかもしれない。

（どうせなら、そのまま気づくな。そうだ。その

ままだ）

念ずるが、もちろん敵がいつまでも見過ごすはずがない。

まっさきに駆逐艦が動きだし、戦艦とともに砲撃に加わっていた巡洋艦の一部も、隊列を外れて向かってくる。敵戦艦と自分たちとの間に割って入る構図だ。

「よし。まずは右舷の駆逐艦。一番近いやつからだ」

測距しながら狙いを定める。

砲塔ごとの各個射撃では、村松は射手も兼務する。自分の指先に艦の運命が左右されると思うと、身が引き締まる思いだ。

「な！」

いよいよ撃とうとしたところで、突如視界が閉ざされた。

目標はおろか、海も空もすべてが褐色のベールの向こうに隠された。

（あいつ！）

原因はすぐ後ろの第二主砲塔が、自分たち第一主砲塔にかぶせる格好で、先に発砲したためである。前方に吐きだされた爆煙が、第一主砲塔の前面に広がって、視野を覆ったのだ。

もちろん、第二主砲塔からすれば、こうなることは当然わかる。通常ならば、位置関係から第二主砲塔は第一主砲塔とは別方向の目標を選択するか、あるいは発砲時機をずらして発砲しなければならない。

村松は悪態を胸中で噛み殺した。

こうしたことを承知のうえで、第二砲台長中林潔兵曹長は砲撃を実行したのである。ただ、それを問いつめても無駄なことはわかっている。

「これはこれは、大変失礼をいたしました。拙職には予想もつかない失態を」などと慇懃無礼にとぼけるのがおちだ。にやにやと神経を逆なでする中林の顔が、目に浮かぶようだった。

実戦の場でさえも、こんな嫌がらせをしてくるとは、呆れるほど執念深い奴だと怒り心頭といったところだが、振りまわされては思うつぼだ。

それに、敵は自由イギリス艦隊であることを忘れてはならない。

幸い視界が戻るまでに、さほど時間はかからない。艦は三五ノットの最大速度で突っ走っており、合成風が煙塊を振りはらってくれるからだ。

中林の妨害も一時的な嫌がらせにすぎない。相撲で言う「猫だまし」といったところだ。

敵を利するまでの影響がないとわかってやっているのだから、手におえないのが中林という男である。

(よし)

『阿賀野』に装備されている測距儀は、「単眼合致式」という機構を採用したものだ。

上下に二分割された画像を合わせることで距離を計測するもので、比較的ゆっくりとした動きの物体を精度よく計測するのに適している。

上下画像は一致している。

イギリス海軍の駆逐艦はどれも似たような艦容であるが、煙突が一本ということから、目標はJ級以降の駆逐艦のようだ。

「撃《て》え！」

村松は手持ちの連装二門の交互撃ち方を選択した。まず右砲を放ち、次いで左砲を吼《ほ》えさせる。

弾着を待って修正射を繰りかえしていくのが基本だったが、あえて今はその基本を無視した。

確実に命中弾を得るよりも、まず敵を寄せつけないことが優先だからである。

『阿賀野』の主砲弾の装填は人力に頼っており、発砲間隔が短いとは言えない。それを交互撃ち方で補おうという、村松の考えだった。

自分の持つ砲の機構をよく理解した、有効な選択である。これによって発射速度は倍になる。

また、『阿賀野』の主砲は五〇口径四一式一五センチ砲と、けっして大口径大威力の砲ではないが、相手は格下の駆逐艦だ。攻防とも貧弱で、『阿賀野』の砲撃でも充分痛めつけることが可能である。

命中弾なしでも威嚇効果を望めるはずだ。

矢継ぎ早に砲弾を浴びせることで、最低でも目標を排除する。

その考えで第一主砲塔は砲撃を繰りかえす。

一射めは見越しが足りず、目標手前の海面を叩いた。修正を行っていない二射めの弾着も基本的には変わらないはずだったが、早くも連射効果が表れた。

目標の駆逐艦は驚いた様子で速度を緩め、転舵したのである。明らかに怯《ひる》んだ動きだ。

動きが鈍った目標に、さらに連続して砲撃を浴びせる。重量四五・四キログラムの砲弾を初速八五〇メートル毎秒で繰りかえし送り込む。

すぐに命中弾を得ることはできなかったものの、さらに二射で至近弾が、そして三射めで待望の命中弾が出た。

黒煙を吹きつつ、目標の速度は完全に衰えた。艦首か舷側の喫水線下に大穴を穿《うが》つことで、大量の浸水を招いたか、あるいは機関そのものを破壊したのかもしれない。

いずれにしても、もう迫ってこられる状態ではない。

「次！」

目標を切り替える。

落伍した僚艦に代わって、新たな敵駆逐艦が躍りでてくる。

砲塔を旋回させて砲身を上下させる。戦術方針は一隻めと同じ、交互撃ち方の連射である。

火力の優位を生かすのは当然として、発砲の間隔を狭めて精神的な打撃も誘う。気持ちを折って逃げにまわせば、なお可と言える。

しかしながら、柳の下に二匹めのドジョウはいなかった。

敵も撃破された一隻めを見て、対策を講じたのだろう。頻繁に針路を変えて蛇行しつつ迫ってくる。

数発の至近弾にも怯まず、速度を緩めずに突進してくる。

「しつこい」

第三主砲塔が砲撃に加わったところで、ようやくこの敵を退けた。

命中の閃光がたてつづけに艦上から走りでたかと思うと、火柱があがって敵駆逐艦は爆裂した。

マストはへし折れ、切断された艦体がそれぞれ炎の塊となって海上を浮遊する。

ここで手間取っている間に左舷や後方が騒がしくなった。距離が縮んできたところで、駆逐艦どうしが撃ちあいに入ったようだ。

「敵戦艦は?」

第一主砲塔を左舷に旋回させながら、村松は主目標に目を向けた。

距離は一万メートルあまりといったところか。やろうと思えば、敵戦艦そのものを砲撃することも可能だが、砲術長からそのような指示はこない。あくまで雷撃が本命であり、砲撃はその支援に徹するという方針に変わりはないということだ。

(あの艦にも、俺と同じような者が乗っているのだろうな)

砲火を閃かせる敵戦艦二番艦に、ふと目がいった。ネルソン級の戦艦で三連装主砲塔三基を前部に集中させた特徴的な主砲配置を敷いているが、特に一番砲塔が秀逸に見えた。

砲術をやっている者ならば、細かな動きで良し悪しがわかる。三連装の各砲身が一体感のある動きを見せており、装填も速く、次発発砲への準備が速い。

(手強いかもな)

雷撃するにはまだ遠すぎると思ったところで、艦が急回頭した。艦首がおもむろに左に振られ、『阿賀野』が細長い身を反時計まわりに翻した。

切り裂かれた海面が舷側波となって扇状に広がり、飛び散る飛沫が第一主砲塔の側面を濡らす。

なにごとかと思ったが、敵の雷撃だった。

敵駆逐艦にとっては、より大きな目標がないため、自分たち中小艦艇に向かって、かまわず魚雷を放り込んできたのである。

白い雷跡が右舷を抜けていくのが見えた。被雷は免れたが、主目標からは遠ざかってしまった。

正面からやや左舷よりに見えていた敵戦艦が、右舷に移動している。

もちろん、正確には自分たちの向きが変わったのだ。慌てて針路を修正し、再び妨害してくる敵艦の排除に努めたが、さらに数千メートル進むのがやっとだった。

敵の重巡二隻が行く手に立ちはだかり、『早潮』が痛烈な命中弾を食らって爆沈したところで、一水戦司令部は限界を悟ったようだった。

必中を期して接近しようにも、雷撃する前に撃沈されては元も子もない。

『阿賀野』が取舵を切って、針路を大きく左に向けた。残った三隻の駆逐艦が続く。

四隻合計三二本の魚雷を置き土産にして、『阿賀野』らは遁走した。

村松らの戦いは続いている。追撃してくる敵艦に牽制の射撃を浴びせて、避退行動を確実なものにしなければならない。

結果的に雷撃距離は八〇（八〇〇〇メートル）。肉迫しての会心の一撃とはならなかったが、結果がどう転ぶのかはまだわからなかった。

戦艦『大和』艦長松田千秋大佐の表情は、明らかに異常だった。

普通でない笑み──「人を食った」とは、まさにこんな様子を言うのかもしれない。

『大和』は礁湖の外縁部に向かって前進していた。正気の沙汰ではない。座礁や衝突の可能性が飛躍的に高まり、行動の自由を失いかねない。

だが、やるしかなかった。

（白兵戦の準備でもするか）

本気とも冗談ともつかない考えに、松田は自虐的に微笑する。それだけ松田も『大和』も予想外の苦戦を強いられていた。

主射撃指揮所の一部損壊と機能不全──それが『大和』に重くのしかかっていた。

敵戦艦は旧式の一六インチ砲搭載戦艦が二隻に、新型だが主砲は小ぶりの一四インチ砲搭載戦艦が一隻である。三倍の数ではあるが、『大和』が万全でありさえすれば、この程度の敵ならば充分勝てると松田は考えていた。

しかし、「一発」がすべてを変えた。

天文学的とまではいかないかもしれないが、前檣頂部の主測距儀への命中という、きわめて稀な一撃によって、『大和』の砲撃精度は著しい低下をきたしたのである。

『大和』がもたついている間に、敵戦艦三隻は『大和』に砲撃を集中してきた。

左舷側の高角砲塔と機銃座はほぼすべて潰され、艦首と艦尾の非装甲部からは浸水も生じている。

大和型戦艦は艦型の肥大化と速力低下を避けるために集中防御方式を採用している。主砲弾火薬庫や機関といった重要部を中央部に集めて、そこに重点的に装甲を割りあてるという思想だ。

それ以外の箇所は注排水によって被害を軽減させる間接防御となるため、一六インチ砲や一四インチ砲でも、ある程度の損害を与えることができる。それが長期的に積みかさなれば、不測の事態も起こりうる。

では、どうする？

松田はすかさず決断した。

砲撃精度が低いのであれば、距離を詰めるしかない。測的精度を高め、着弾までの不確定要素の影響を極小化して誤差を少なくするには、目標との距離を縮めるのが早道だ。

単純だが、もっとも有効で確実な策だった。

もちろん問題もある。

自分の砲撃精度が高まるということは、相手の砲撃精度も当然高まる。これまで以上に敵弾は『大和』を襲うことになる。

ただ、それは『大和』だからこそなしうると、松田は判断した。

致命的な損害を被らねばよい。つまり、戦闘、航行能力の根幹を損なわなければよいと割りきれば、『大和』は集中防御で乗りきれる。

まさに肉を切らせて骨を断つ策だった。

しかし、しかしだ。

それでも問題は残っていた。

敵が近距離砲戦に応じるという保証は、どこにもなかった。敵がこちらの意図を読んで距離を取るように動けば、この作戦はなりたたない。

行動の自由は、むしろ外洋上の敵に利がある。

しかし、そこで再び事態は急転した。

「艦長！　敵が」

航海長瀬戸喜久太中佐が指差した。

敵戦艦の足並みが乱れている。

一番艦のキングジョージV世級戦艦と二、三番艦のネルソン級戦艦二隻が、左右に分かれて急回頭していた。

間隔が広がり、向きも異なる。当然、砲撃も止んでいる。

「もしや」と思ったところで、通信長が歓喜の報告をあげた。興奮した声で電文を読みあげる。

「一水戦司令部より入電！『参陣の遅れに許しを請う。敵の要求は拒否。実力をもって排除すべし』」

そこで、敵戦艦三番艦の舷側に白い水柱が高々と立ちのぼる。

第一水雷戦隊旗艦の軽巡『阿賀野』が、補充の駆逐隊を引きつれて雷撃をかけたのである。

『大和』の昼戦艦橋は拍手喝采に沸いた。

「うむ」

松田はこくりと首を縦に振った。気が楽になるのをはっきりと感じた。

一水戦が援軍として駆けつけてくれたこともあったが、それと同時に自由イギリス艦隊を撃退せよという正式命令を受領したことも大きかった。

一水戦司令官高橋伊望少将は、海兵卒業年次で第六戦隊司令官五藤存知少将の二つ上で、階級は同じ少将でも先任である。

つまり、この海域での最上位者で、指示を出すのは高橋司令官ということになる。

これまではっきりとした攻撃命令はなく、独断専行の気分でいた松田としては、重しがとれたわけだ。

「敵一番艦に砲撃を集中せよ」

指示されなくとも、そのつもりだったのだろう。発砲は迅速だった。

射界から外れている後部の第三主砲塔を除いて第一、第二主砲塔の六門すべてが猛煙を吐きだす。

交互撃ち方に比べて反動は強烈だ。艦は一瞬、行き足を止められるかのようであり、乗組員には脳天まで突きぬける衝撃が襲う。

さすがに一射めで命中とはいかなかったが、距離が縮まったぶん、弾着の位置は近い。一発は至近弾になったかと思わせるほどだ。

巡洋艦とおぼしき敵艦が反撃してくる。大気を貫き、その摩擦熱で弾頭を赤く染めた八インチ弾が一発、二発と『大和』の周囲に落下する。

一発が前檣下部の司令塔を直撃するが、それは五〇〇ミリに達する『大和』の分厚い装甲が寄せつけない。八インチ弾は鈍い音をたてて、跳弾となって終わる。

崩落する水柱は最上甲板の傾斜部――「大和坂」にのしかかり、一部は主砲塔にも降りかかるが、それを振りはらうようにして、『大和』は第二射を放った。

砲身から滴りおちる海水が発砲の炎で気化し、水蒸気と発砲煙とが混ざりあいながら後方に流れていく。

「夾叉しました」

「よし！」

「よおし」

朗報に自然に声があがる。

これまでの鬱憤をようやく晴らすことができる。そんな声だった。

口径四六センチの巨弾があげる、太く高い水柱の檻《おり》に、ついに目標を閉じ込めたのである。

そして、次に命中弾が出た。

目標のキングジョージV世級戦艦の中央付近から、うっすらと黒煙があがり、さらにその次の命中弾は痛打となって決定的な損害を与えた。

命中の閃光が弾けてから数瞬の間を置いて、目標艦上から強烈な火柱が吹きだした。

その赤い炎は昼間の明るさの下でも、『大和』の艦上からはっきりと視認できるものだった。

夜戦であれば、毒々しいまでの鮮赤色の光が恐怖感さえ与えたかもしれない。

大小の破片がばら撒かれ、それに混じって棒状のものが複数、回転しながら放りあげられるのが見えた。

『大和』の一撃は、敵旗艦『プリンス・オブ・ウエールズ』の主砲塔を撃砕したのである。

勢いにのって『大和』は発砲を続けた。

砲声が轟き、猛煙が湧く。

たまらず敵は煙幕を張りはじめた。

駆逐艦が滑り込むようにして前に入り、どす黒い煙を海上に垂れながす。

いかにも慌てた様子で効率もすこぶる悪いが、砲撃を阻止する効果は少なからずあった。

「砲撃止め」

松田は命じた。

敵は退却しはじめている。

不十分な煙幕だけならば追撃するが、敵との間には環礁の内外という明白な問題がある。

環礁を乗りこえていけない以上、敵を追うことは不可能だった。

松田の戦いは、ここでいったん終止符を打ったのである。

松田は深く息を吐いた。

不当な要求とそれに続く実力行使に、自分たちは敢然と立ちむかって撃退した。

正直なところ、感情的な反応がなかったとは言いきれないが、正しい行動だったと松田は信じていた。

日本は他国を侵略しない、他国の侵略を許さない。専守防衛を国是とする。

これが日本のやり方なのだと、去りゆく敵艦隊に対して、松田は幾度も繰りかえしていた。


自由イギリス艦隊司令官フィリップ・バイアン中将にとっては、不本意きわまりない戦いだった。

事前のリサーチがうまくいって、相手取るにはちょうどいい規模の艦隊だった。

降伏と接収の要求を、さすがに敵は拒否したが実力行使による無力化は、初めはうまくいくかと思われた。

潮目が変わったのは、敵の水雷戦隊が現れたときである。

偶然か、あるいは防衛戦術の一環として備えていての行動かはわからないが、とにかく敵の奇襲雷撃によって、せっかく優位に進んでいた砲撃は乱された。

そして、ヤマト・タイプと称される敵戦艦の砲撃力が予想以上だったのも誤算だった。

不沈艦と豪語していた『プリンス・オブ・ウェールズ』が、ただの一撃で四連装砲塔一基を潰され、舷側にも深刻なダメージを負った。

被雷した『ロドニー』ともども、この状態では作戦継続が不可能なのは明らかだった。

結果的には「あのヤマト・タイプの戦艦を奪取できれば」という大魚も逸したことになり、バイアンは二重の地団太を踏むことになった。

「まさか辺境の二流海軍が、ここまでやるとはな。我らネルソンの栄光を受けつぐ者が一敗地にまみれるとは。これは悪夢か」

前時代的で偏見に満ちたバイアンの認識は、完全に誤っていた。

日本人はバイアンが蔑《さげす》むような劣等民族ではなかったし、日本海軍もまた拙劣な後進国海軍ではなかった。

自意識過剰で相手を見下していたバイアンは、その誤った見方ゆえに足をすくわれ、見事に鼻っ柱をへし折られたのである。

「この借りは必ず返す！」

バイアンの碧眼には怒りの炎が灯っていた。

幸い痛めつけられはしたものの、率いてきた戦艦四隻で沈んだ艦は一隻もない。

『プリンス・オブ・ウェールズ』が大破、『ネルソン』が小破、『ロドニー』が中破、そしてやや離れていた『レパルス』はほぼ無傷だ。

自由イギリス艦隊は敵の追撃を警戒しながら、よろよろとした速度で南東方面へ退却している。

健在な駆逐艦が背後を守りながら、傷ついた戦艦を逃がすという格好である。

このままシドニーまで帰還してドック入りさせれば、まだ再起、再興のチャンスは残されている。

功名心に復讐心が加わったバイアンだったが、敵はバイアンの想像をはるかに超える創意と工夫をもって、戦力を編制していた。

まもなく行く手を阻むように敵機の大群が現れた。

「ラダールに航空機らしき反応あり！　前方多数」

「なんだと！」

報告にバイアンは顔を跳ねあげた。

この海域に味方の航空機が現れる可能性は一〇〇パーセントない。付近に展開している陸上機はないし、後方待機している空母もない。

接近する機影は間違いなく敵機と言える。

「機影、一〇〇を超えます。正面から向かってくる！」

参謀たちがざわついた。

数もそうだが、それとともに気になるのが、現れた方向である。

トラックから追撃してきたのならば、背後から迫るはずが、報告は真逆の前方ときている。

「まさか艦載機なのか？　それにしては、この数はなんだ」

バイアンの胸中に、言いしれぬ不安が隙間風となって吹きぬけた。

自分の認識は、もしかしてはなはだしく間違っていたのではないか。自分はとんでもない過《あやま》ちを犯していたのではないかと、ようやく気づいたバイアンだった。

しばらくして、赤い丸の識別マークを描いた日本軍機が、雲の隙間を衝いて次々と急降下してきた。

魚雷を抱いた艦上攻撃機の一群が、波濤《はとう》をこするようにして突きすすんでいた。


（長官も無茶な命令を出される）

空母『翔鶴』艦攻隊に所属する仁保健三郎飛行兵曹長は、出撃前に受けた訓示を思いかえして苦笑した。

「不幸にも砲火を交わすことに至ったとはいえ、我が国と英国とはまだ戦争を始めたわけではない。必要以上に痛めつけることなく、追いかえせばそれでいい。

諸君らに望むのは、『我が軍強し』『我が国はけっしてひざまずかない』という強い印象を敵に与えることである」

つまり、攻撃隊は出すが、手加減しろということだ。

『翔鶴』が属する第一航空艦隊長官である井上成美中将は、海軍省から来たと聞いている。もしかしたら、軍政面からくる政治的な思惑も入っているのかもしれない。

（手加減しろと言われてもなあ）

そこで、攻撃隊の総隊長を務める村田重治少佐は、艦爆隊は敵艦に向けて投弾可、艦攻隊は不可と、明確に割りきった指示を出した。

それくらい思いきった指示がないと、搭乗員の混乱を招いてしまう。

もちろん、こうなると艦攻隊の者たちに不満が出るのも当然である。

「敵艦に雷撃できないならば、せめて敵将の度肝を抜くくらいのことはしましょうや」

仁保の後ろに座る偵察員の甲斐鉄郎二等飛行兵曹が、怪しげなことを持ちかけてきた。

仁保ら艦攻隊員の多くは、九七式艦上攻撃機の後継機として完成した「天山」への機種転換をすませている。

天山は速力と航続力の向上を目的として開発された艦攻であり、必然的に機体は大型化し、発動機も大出力のものに換装されている。

外観は九七艦攻に比べて機首が長く、発動機が大型化したぶん、先端の直径が大きくなっていることが特徴だ。

三座、つまり定員三名であることは変わりない。仁保の役割は九七艦攻のときと同様、機長兼操縦員で、最後部の電信員は須藤定衛一等飛行兵がついている。

従来は無理だったことすら可能とする天山で、あっさりと帰るのはいかにももったいないとでも言いたげな甲斐だった。

「安全が確保できていると判断できたらの話だ」

「わかってます」

仁保は甲斐と組むようになってから、自分の考えを繰りかえし伝えてきた。

任務達成とは目的を遂げて、なおかつ自分が生きのこってこそそのことを言う。軍務は軍務、自分は自分、命と引きかえになどと軽々しく考えるのは、そこで戦いを放棄しているのだと。

甲斐もこうしたことを理解したうえで考えているはずだった。

(始まったな)

前方で黒い影が行き交い、橙色の光が明滅しはじめた。

艦爆隊が急降下爆撃を開始したのである。

海面が激しく沸きかえり、時折炎が敵艦上にあがる。

対空砲火はさして強力には見えない。突きあがる火箭《かせん》は散発的で方向性も定まっておらず、弾幕もはっきり言って薄い。

その対空砲火が爆撃によって、さらに弱まっていく。

「いけそうだ」から「いける」に、仁保の確信は深まった。

艦爆隊の外れ弾があげた水柱を避けようと、艦攻隊の隊列が乱れた。しかし、考えようによっては好都合である。

中隊や小隊単位の縛りから離れられる。隊ごとの緊密な攻撃が必要とされていない今回に限っては、多少の「わがまま」も許されるはずだ。

「敵旗艦に向かう」

「了解!」

「了解!」

そうこなくてはという甲斐の声に、須藤も続いた。須藤も甲斐の「企み」を理解したらしい。

敵の艦隊序列は乱れていた。

ただでさえ速力差や砲戦による損傷度合いが異なっていたのに加えて、爆撃の回避で各々が回頭を繰りかえしたため、守るべき艦も守られるべき艦もばらばらになっていた。

大きく目につく戦艦を見まわして標的を探す。

（いた）

同型艦がいないため、比較的識別は容易だった。

前後にバランスのとれた上構と箱型の艦橋で、キングジョージV世級戦艦と判別できる。

「正面に向かう」

仁保は感情を抑えて冷静に告げた。それが仁保のやり方だった。

砲戦で叩きのめされたのか、敵旗艦に満足な対空砲火はなかった。少々の冒険は可能である。

「さあて、行くとしようか」

一度迂回してから、仁保は天山を『プリンス・オブ・ウェールズ』との「衝突コース」にのせた。

最大出力一八五〇馬力の火星二五型発動機がうなる。全長一〇・五メートル、全幅一四・九メートルと天山は九七艦攻と同等の大きさであるが、最高速度は時速四九〇キロメートルと一〇〇キロ以上も優速だ。

まるで水煙でもあげそうな低空を、仁保機は突きすすんだ。

叩きつぶされた主砲塔跡や一部倒壊した艦橋構造物が急拡大する。

「用……意」

艦上で驚くように見あげる敵兵が見えたような気がしたが、一瞬でそれらは視界外に去っていく。

須藤が威嚇の銃撃を行い、敵旗艦上に火花が散る。

「射《て》っ」

「射えー！」

淡々と命じる仁保と対照的に、甲斐が裂帛《れっぱく》の気合いを入れて投下索を引く。

艦上をかすめた仁保機は、艦尾海面に逆向きに魚雷を投げ入れた。投雷時の角度や速度は失格だが、それは今、問題ではない。

高度を上げた機上から「戦果」を確認して、仁保はあえて声を張りあげた。

「雷撃成功！」

投雷した魚雷は、「狙いどおり」目標から遠ざかるように白い航跡を描いていた。


これ以上ない屈辱だった。

敵の艦上攻撃機は、いずれも至近距離に近づきながら、あえて魚雷を外して去っていった。

多くは艦を追い抜きざまに前向きに投雷していったが、なかには艦上すれすれに交差して、艦尾至近に「安全に」投雷していく機すらあった。

偶然やなにかの間違いではない。あれだけの腕があれば、命中させるのは造作もないはずだ。

本気で向かってくれば、自分たちはのきなみ沈められて全滅したかもしれない。

悔しいが、自軍にはああした真似はできない。

艦載機搭乗員の熟練度や機体性能は、明らかに敵が上のようだった。

余裕や情けではない。「お前などいつでも沈められるのだぞ」という警告を受けた気がした。

「ふざけおって！」

自由イギリス艦隊司令官フィリップ・バイアン中将は、爪が掌《てのひら》に食い込むほど強く拳を握りしめた。

バイアンが立案したトラック襲撃作戦は、完全な失敗に終わった。

日本艦隊の毅然とした対応の前に、バイアンのプライドはずたずたに引き裂かれ、恥辱にまみれたのだった。

一九四三年三月一〇日　ベーリング海

星のマークを描いた二機が異常接近していた。

識別マークの形状は似ていても、もちろん友軍機というわけではない。

一方は赤い星のソ連軍機、もう一方は白い星のアメリカ軍機だった。

（くそっ。こんなときに出てこなくても）

双発双胴の特異な戦闘機ロッキードP‐38ライトニングの操縦桿を握りながら、マイケル・ロメオ少尉は苦りきっていた。

ロメオは今月、温暖で平和なカリフォルニアから異動してきた。寒風吹きすさぶ北方に追いやられただけでも参っていたところに、アラート（対領空侵犯措置）任務とはついていない。

無難に任務をこなして、一日も早く戻りたいと考えていたが、ひとつ間違えればとんだ失態になりかねない。

「接近中のソ連軍機に告ぐ。貴機はアメリカ合衆国の領空に入ろうとしている。ただちに退去されたし。繰りかえす。ただちに退去されたし」

波長を変えて何度呼びかけようが、発光信号を閃かせようが、応答はなかった。

ソ連軍機はエンジン四基が確認できることから、ペトリヤコフPe‐8と思われる。ソ連軍が保有する四発機は唯一それだけとの情報からだ。

Pe‐8は巡航速度のまま、まっすぐ飛びつづけている。

やむなくロメオは並走してのコンタクトを試みた。接近して身振り手振りで退去を促す。

P‐38が右から左へ、左から右へとPe‐8の前を横切る。

しかし、これもなんら効果がなかった。指をさそうが、大きく腕を振ろうが、Pe‐8のクルーは前を向いたまま微動だにしない。

「こいつ、生きているのか？」

死者が操縦しているのではないかという非現実的な考えすら浮かぶほどの異常事態だった。

無為な時間は続き、切迫感だけが増してくる。

「引きかえせ！」

「今すぐ戻れ。早く！」

「挑発はやめろ！」

「いい加減にしないと×○△！」

口調は荒くなるが、その裏で不安は確実に広がっていた。

Ｐｅ‐８の詳しい性能はわからないが、四発機ということから航続力は長く、搭載重量が大きいことは予想できる。

ごつごつとした機影が、余計に不気味に思えてくる。

「こいつはなにを目的に侵入しようとしているのだ？　機密情報の入手か？　俺たちの反応や実力を見るのが目的か？　爆撃か？

それにしては、一機だけというのはおかしいが、まさかなんらかの秘密兵器でも積んでいるというのか」

米ソの緊張は高まっていた。

一週間ほど前には、北大西洋で哨戒艇どうしが銃撃戦におよんだとの噂も広まっていた。真偽は不明だが、このときはアメリカ軍の船がソ連の勢力圏に入り込んでいたとの情報もある。

「もしかしたら、その報復だとでもいうのか」

ロメオは再び並走して警告射撃を実施した。あえて前方の虚空めがけて銃弾をばらまく。

（次は当てるぞ……なに！）

ふいにＰｅ‐８が動いた。

全長二三・六メートル、全幅三九・〇メートル、翼面積一八八・四平方メートルの大柄の機体が、よろめくように傾く。

「馬鹿！」

黒い影が針路を塞ぐ。

ロメオは咄嗟に操縦桿とスロットル、ラダーを駆使して回避を試みた。だが、間にあわなかった。

この海域は一年をとおして天候は荒れ模様で厳しい。雪と氷まじりの強風が吹きつけ、霧が視界を閉ざすことも多々ある。

三月はまだここでは真冬であり、そもそも航空機の活動そのものが難しい時期である。突風のなか、自由に動けないところで細かな機動など望むべくもなかった。

大きいものと小さいものがぶつかれば、たいていは小さいものが、より激しく壊れる。

鈍い衝撃音とともに、P-38の左翼先端が吹きとび、左の胴がくの字に折れまがった。

急転する視界のなかで、ロメオは目の前に黒い壁が迫るのを見たような気がした。

そこまでだった。

この間、わずか一秒あまり。

P-38の短い機首はPe-8の胴体中央付近に激突し、圧縮しながら突きささった。

ロメオの命運はそこで尽きたが、Pe-8もまた無事ですむはずがない。

白煙を吹きながら次第に高度を下げたPe-8は、凍りつく海面に激突して果てた。

Pe-8のパイロットは全員が不治の病と診断されており、家族の安全と生活の保障を条件に志願した者たちだったと、まことしやかな噂が後に流れたが、真相は謎のままだった。

この事件そのものも、アメリカ軍の防空能力を確認するためのソ連軍の謀略、ソ連による対米宣戦布告の口実づくり、さらにはアメリカによる自作自演の対ソ国際包囲網形成への仕掛け等々、多種多様な説がささやかれたが、戦後何十年経っても真実が白日の下に晒されることはなかった。

ただ、この事件をきっかけとして、米ソ両国の対立がエスカレートしていったのは事実である。

モスクワもワシントンも、潜在的脅威への対抗心と疑心暗鬼から、強硬策もやむなしとの考えに傾いていった。
大規模な軍が静かに、だが確実に動きはじめていた。

（次巻に続く）

RYU NOVELS

孤高の日章旗
独立独歩の途

2017年2月7日　初版発行

著　者　遙《はるか》　士伸《しのぶ》
発行人　佐藤有美
編集人　安達智晃
発行所　株式会社　経済界
〒107-0052
東京都港区赤坂 1-9-13　三会堂ビル
出版局　出版編集部☎03(6441)3743
　　　　出版営業部☎03(6441)3744
振替　00130-8-160266

ISBN978-4-7667-3242-9

印刷・製本／日経印刷株式会社

Printed in Japan

RYU NOVELS

異史・新生日本軍 1	羅門祐人
南沙諸島紛争勃発！	高貫布士
新生八八機動部隊 1〜3	林 譲治
大東亜大戦記 1	羅門祐人 中岡潤一郎
大和型零号艦の進撃 1 2	吉田親司
鈍色の艨艟 1〜3	遙 士伸
菊水の艦隊 1〜4	羅門祐人
大日本帝国最終決戦 1〜6	高貫布士
日布艦隊健在なり 1〜4	羅門祐人 中岡潤一郎
絶対国防圏攻防戦 1〜3	林 譲治
蒼空の覇者 1〜3	遙 士伸
帝国海軍激戦譜 1〜3	和泉祐司
合衆国本土血戦 1 2	吉田親司
皇国の覇戦 1〜4	林 譲治
異史・第三次世界大戦 1〜5	羅門祐人 中岡潤一郎
零の栄華 1〜3	遙 士伸
列島大戦 1〜11	羅門祐人
蒼海の帝国海軍 1〜3	林 譲治
亜細亜の曙光 1〜3	和泉祐司
大日本帝国欧州激戦 1〜5	高貫布士